Meu primeiro amor

A paixão entre mulheres

Dados Internacionais de Catalogação na Publicação (CIP)
(Câmara Brasileira do Livro, SP, Brasil)

Meu primeiro amor : a paixão entre mulheres / [organizadora] Lindsey Elder ; [tradução Dinah Kleve]. – São Paulo : Summus, 1998.

Título original: Early embraces.
ISBN 85-86755-13-3

1. Homossexualidade assumida (Orientação sexual) 2. Homossexualidade feminina 3. Lésbicas – Comportamento sexual I. Elder, Lindsey. II. Título: A paixão entre mulheres

98-4980   CDD-306.7663

Índices para catálogo sistemático:

1. Lésbicas : Relatos biográficos : Sociologia   306-7663

Compre em lugar de fotocopiar.
Cada real que você dá por um livro recompensa seus autores
e os convida a produzir mais sobre o tema;
incentiva seus editores a encomendar, traduzir e publicar
outras obras sobre o assunto;
e paga aos livreiros por estocar e levar até você livros
para a sua informação e o seu entretenimento.
Cada real que você dá pela fotocópia não-autorizada de um livro
financia um crime
e ajuda a matar a produção intelectual em todo o mundo.

Meu primeiro amor

A paixão entre mulheres

LINDSEY ELDER

Do original em língua inglesa *Early Embraces*
Copyright © 1996 by Lindsey Elder
Publicado por acordo com a Alyson Publications
Direitos para a língua portuguesa adquiridos por
Summus Editorial, que se reserva a propriedade desta tradução.

Tradução: **Dinah Kleve**
Projeto gráfico: **Brasil Verde**
Capa: **Pimenta Design**
Editoração eletrônica e fotolitos: **JOIN Bureau de Editoração**
Editora responsável: **Laura Bacellar**

Edições GLS
Caixa postal 12952
Cep 04010-970 São Paulo SP
Fone (11) 539-2801
e-mail gls@edgls.com.br
http://www.edgls.com.br

Atendimento ao consumidor:
Summus Editorial
Rua Cardoso de Almeida, 1287
05013-001 São Paulo SP
Fone (11) 3872-3322

Distribuição:
Fones (11) 835-9794

Impresso no Brasil

SUMÁRIO

Introdução _____ 7

A lua: agora e então
J.M. Tharan _____ 9

Cigarros e couro
Allyson L. Mount _____ 13

Depois do jogo
Betty Moore _____ 17

Virgem Maria, eu posso?
Rose Walston _____ 21

Um beijo especial
Gabriella West _____ 26

Queda por sexo
Stephanie Sims _____ 30

Duas colegas de escola
Sharon J. Sanders _____ 33

Concertos de verão numa cidade pequena
Erin K. Kaste _____ 38

Minha
Pat Schmatz _____ 45

Aulas de respiração
Paula Neves _____ 48

RSVP
Julia Willis _____ 54

Ah, se eu soubesse
Sarah Peterson _____ 58

Lésbica mirim
Ari (Arlene) Istar Lev _____ 62

O destino é o presente
Larissa Rachel Harris _____ 66

Cataclismos em Kootenai
Jennifer Bosley _____ 70

Para não depender dela
Nancy Slick _____ 75

L'chaim
Dory Wiley _____ 79

Jogo perigoso
Ariel Forstner _____ 83

Eu não sabia que havia nomes para isso
Nancy Astarte _____ 87

Uma xícara de café
Donna Tsuyuko Tanigawa _____ 91

O que poderia ter sido
Alexandra R. Waters _____ 96

Sapatos marrons
Rita Schiano _____ 99

Namorada
Laura A. Vess _____ 104

Garotas beijoqueiras
Karen Friedland _____ 110

Casablanca
Vicky Wagner _____ 115

O charme está na terceira vez
Cynthia Benton _____ 119

Um raio de sol chamado Rosaria
Elena Sherman _____ 122

Ressurgindo das cinzas
Rhonda Mundhenk _____ 126

Natural
Susan Baumgartner _____ 131

Cintilante
Laura K. Hamilton _____ 134

Tão natural, tão certo
Myra LaVenue _____ 138

INTRODUÇÃO

Amigas. Se há um fio condutor ligando todas as histórias a seguir, este é o fio da amizade. "Ela era a minha melhor amiga. Eu a amava." Lugares, datas, idades e circunstâncias parecem não ter importância nos acontecimentos ocorridos na vida de nossas colaboradoras.

Algumas dessas mulheres são escritoras profissionais e falam de seu passado de maneira fluida, outras são amadoras que simplesmente queriam contar suas histórias, reviver memórias, analisar o que ficou para trás e assumir orgulhosamente a sua homossexualidade (duvido que vá encontrar outra obra com tantas vezes a palavra "lésbica"). No aclamado e maravilhoso livro de Jack Hart, *My first time*, (Minha primeira vez) ele escreve: "Tentei dar voz a cada um dos meus colaboradores. Não modifiquei o conteúdo, mesmo se eu ou outra pessoa discordasse de alguma coisa." Comigo foi a mesma coisa. Às vezes eu me sentia como um *voyeur*, bisbilhotando confissões extremamente íntimas, abrindo cartas e diários, alguns agridoces, outros deliciosamente divertidos, alguns incertos e tímidos, outras agressivos e autoconfiantes.

Dedico esse livro a todas as colaboradoras de *Meu primeiro amor* – às que tiveram seu texto publicado e às que não tiveram. Ao trabalhar em suas histórias, nadei com vocês neste rio da amizade, vivenciando o seu humor e a sua raiva, a sua dor e a sua alegria e principalmente as suas vitórias. A cada uma de vocês o meu profundo agradecimento. Vocês são mulheres realmente corajosas.

Lindsey Elder

A lua: agora e então
J.M. Tharan

A lua ainda está tão alaranjada quanto há treze anos, quando nós transamos pela primeira vez. Naquela noite ficamos olhando a lua se erguer no céu e brincamos de estátuas. Você me rodopiou e me deixou parada numa posição até me tocar, exatamente como se essa união já tivesse sido traçada em nossos destinos.

O ano era 1980. Eu tinha dezoito anos e você, vinte e um. Tínhamos sido apresentadas por uma amiga em comum. Lembro-me de ter olhado *para dentro* de você. Eu soube, logo de início, que você seria uma influência muito forte na minha vida. Cheguei a pensar que seria a religião, por causa do crucifixo que você trazia na correntinha. Ficamos juntas pelos dois anos seguintes. Todos nos chamavam de "as garotas".

Você realmente trouxe a religião para a minha vida quando fomos para uma igreja evangélica. Talvez tenha sido por isso que não conversássemos sobre sexo. Mas eu a queria. As incontáveis vezes em que dormimos juntas inocentemente não bastavam para me consolar. Eu precisava sentir a sua mão movendo-se do espaço entre os meus seios até os mamilos. Eu queria que o seu braço deslizasse até a minha bunda. Fingia estar dormindo para poder me aninhar em você e chegar mais perto do seu cabelo longo só para poder sentir o seu cheiro.

Estava prestes a pegar o avião e ir para a casa da minha mãe – o ritmo da cidade tinha me deixado esgotada. Eu precisava das árvores. Na nossa última noite juntas, depois de a lua passar de laranja para amarela, fomos ao cinema. Éramos as únicas na sala. Mais ou menos na metade do filme você colocou a mão no meu joelho. Aquilo doeu. A realidade do seu toque foi demais para mim. Eu me remexi. Você voltou a se aproximar. Sua mão subiu pela minha coxa. Foi nesse momento que eu soube que o sexo ia acontecer. Eu me afastei e pedi uma coisa qualquer olhando nos seus olhos – não lembro se era pipoca ou refrigerante. Só queria distraí-la. Você deitou a cabeça no meu ombro e então se afastou lentamente para ir atender o meu pedido idiota. Sentada ali sozinha, soube que estava prestes a vencer uma barreira.

Depois do filme, caminhamos em silêncio de volta à casa da amiga que estava nos hospedando. Na cama, no quarto das crianças, nos beijamos suavemente. Nos anos seguinte iríamos sempre discutir sobre quem tinha sido a primeira a abrir a boca e deixar a língua da outra entrar. Eu sempre insisti que tinha sido você, embora soubesse que não era verdade. A suavidade daquele beijo transformou-se em arrebatamento.

Uma vez ultrapassada aquela barreira invisível, devoramos uma à outra em total abandono, e quando os seus dedos me encontraram completamente molhada, o tempo transformou-se em som. Ainda posso ouvir nossos corpos se chocando – seus dedos, minhas investidas, a minha mão em suas costas. Você me comeu por horas. Meu cabelo estava cheio de nós quando eu finalmente me desvencilhei de você para ir ao banheiro. Ri ao ver a minha imagem no espelho. Uma Medusa radiante. Você foi até mim ou eu simplesmente voltei e montei novamente no seu belo e longo corpo? Eu não toquei você intimamente aquela noite, você estava dolorida por causa de algum problema ginecológico. Saciei o desejo das minhas mãos apalpando todos os lugares do seu corpo. Apertei a sua bunda com tanta força que, como você me disse depois, acabei deixando marcas. Seus pequenos seios ocuparam toda a minha boca. Depois de saciar o nosso instinto animal, caímos num sono profundo. Tive sonhos eróticos durante toda a noite e acordei com a certeza de que tudo não tinha passado de um sonho, até que senti o seu cheiro.

Parti na manhã seguinte. Você veio poucos dias depois, com as roupas metidas numa sacola de papel. Você alugou um carro e nós passeamos pela minha floresta, falando sobre Deus, sexo, amor e sobre o fato de sermos mulheres. Trepamos freneticamente sob a mesa da cozinha da casa da minha mãe e no carro. Nosso sexo era intenso. Foi encantador descobrir que duas mulheres fazendo amor se assimilavam muito mais a um casal de gatos selvagens do que a duas gatinhas manhosas.

Eu não estava certa de poder amar você e a Deus ao mesmo tempo. Você conversou comigo, beijou os meus olhos, me contou que algumas de nossas amigas eram lésbicas, foi paciente e honesta. Quando finalmente provei seu sabor salgado e passeei com os meus dedos dentro de você, soube que estava fazendo a coisa mais natural do mundo.

Você me levou de volta para a cidade. Mantivemos a privacidade da nossa paixão e ninguém pareceu perceber que agora éramos mais do que simplesmente "as garotas". Nossas sonecas não eram mais tão freqüentes, mas mesmo assim passávamos bastante tempo juntas na cama. Um ano se passou até que deixássemos claro para as outras pessoas que tínhamos nos tornado – e pretendíamos permanecer – namoradas.

Não sei quando foi que você começou a trepar com outras mulheres. Sei que comecei a sentir o cheiro delas no seu corpo. Você me disse que eu estava sendo paranóica, que só queria a mim. Pouco depois de comemorarmos o nosso primeiro aniversário, eu lhe disse que ia trepar com outra mulher. Acho que estava precisando provar para mim mesma que eu era uma lésbica e não apenas uma mulher apaixonada por você. Esse foi o nosso fim.

Cinco anos depois de termos desmanchado, voltei a encontrar você e trepamos. Foi incrível! Lembro-me de rir e chorar nas suas mãos. Você tinha exatamente o mesmo gosto. Por algum motivo aquilo me surpreendeu. Todas as mulheres que tinham passado pela sua vida, naquele meio tempo, não haviam alterado o seu sabor. Brincamos a respeito de voltar a namorar, mas acho que nós duas sabíamos que não daria certo. Foi muito ruim ter que terminar tudo com um amargo bilhete de despedida. Talvez aquela tenha sido a única maneira que encontramos para nos separarmos.

De vez em quando eu me levanto para ver a lua durante o tempo em que escrevo. Ela já vai alta no céu enquanto nuvens de chuva encobrem o seu rosto.

Cigarros e couro
Allyson L. Mount

O seu cheiro me alcança do outro lado da sala – um cheiro penetrante de couro, cigarro e xampu. Eu estou longe demais de você, há quatro carteiras entre nós. Tenho ciúmes. Não quero que ninguém mais conheça o seu cheiro como eu. Quero ser a única.

O professor está tentando nos fazer compreender a importância da mídia nos movimentos sociais. Estou interessada. Tento prestar atenção. Você não vem à aula há semanas – como consegue passar no curso? Estou de costas para você. Você está sentada na última fila, contra a parede, seus pés pousados na carteira à frente. A lama das suas botas forma pequenos montes no chão de cimento. A cobertura maciça da mídia é importante para recrutar novos seguidores, diz o professor. Você não precisa deste tipo de ajuda. Eu a seguirei, não preciso que me convençam.

Nós trocamos alguns beijos, passamos algumas noites juntas, fomos a alguns shows. Fumamos alguns baseados e passeamos de canoa no escuro. Nada disso significou muita coisa para você. Eu não fui a única, sei disso. Você sabe que eu sei. Mas será que você sabe que foi a primeira mulher a me beijar? A primeira a me tocar? Você sabe como a excitação tomou conta de mim quando os nossos corpos se pressionaram um contra o outro e eu me embriaguei com o seu cheiro? Tem consciência da atração que você exerce sobre mim agora? Sentada nesta sala, enquanto tento conter as lembranças que me invadem e ignorar a sua roupa larga na cintura e a jaqueta de couro preta? Você acha que realmente posso esquecer o calor da sua pele?

Nós nos encontramos numa reunião de apoio a homossexuais do segundo grau. Era outono e nós duas éramos calouras. Você usava um boné azul de beisebol e jeans. Cheguei tarde e me sentei ao seu lado. Nessa época eu tinha cabelos longos. Conversamos sobre o vestibular e então rimos de nós mesmas por causa de nosso papo tão entediante. Você me ofereceu uma carona para irmos jantar e eu, é claro, aceitei. Esta foi a primeira vez que eu senti o seu cheiro, no carro ao seu lado no escuro, enquanto observava os seus dedos segurarem o volante.

Depois de comer, nós, assim como todos os outros participantes da reunião, fomos mudar de roupa para a festa. Você estava deslumbrante de terno e gravata, mas não dançou muito tempo. Desapareceu e voltou uma hora mais tarde cheirando a fumo. Acho que você estava doidona. Nós pegamos os nossos sacos de dormir e os levamos para a sala de aula lotada de estudantes. Você não tinha travesseiro, portanto teve que dividir o meu comigo. Que conveniente. Deixou que eu massageasse as suas costas enquanto as pessoas tagarelavam ao nosso redor. A minha mão acariciou o seu pescoço à mostra por um momento, hesitante. Você se virou, beijou a minha bochecha rapidamente e então saiu para fazer uma ligação. Eu fiquei deitada, atônita.

Aconteceu depois das três da manhã, quando todos finalmente adormeceram e as luzes se apagaram. Nos acariciamos, aninhando-nos uma na outra, dentro dos sacos de dormir. Quem começou? Não me lembro. Ousei tocar o seu estômago rígido e levantar a sua camiseta. Seus seios eram firmes e macios sob o toque da minha mão. Você me puxou para junto do seu corpo e me beijou, sua língua brincando pela minha boca. Suspendeu a minha camiseta e esfregou o seu rosto nos meus bicos. Acariciamos uma à outra silenciosamente, sussurrando o quanto sentíamos por ter que fazer aquilo numa sala cheia de gente. Nenhuma de nós parecia se importar. Ficamos abraçadas por um tempo, quando um rapaz ao nosso lado se remexeu durante o sono e tivemos que parar com as carícias. Você adormeceu nos meus braços, com o seu cabelo limpo e macio contra a minha bochecha.

Na manhã seguinte trocamos endereços e telefones. Morávamos a apenas algumas horas de distância. Quando chegou a hora de irmos embora, você me levou até o portão e demos um beijo de despedida.

Eu realmente não esperava vê-la novamente, mas você ligou e apareceu no fim de semana seguinte. Era noite e fui encontrar você num bar para tomarmos um drinque. Você veio para a minha casa e eu a apresentei aos meus pais como uma amiga de outra escola que tinha vindo me visitar. Nós assistimos tv até a minha mãe adormecer, desligamos as luzes e fomos para o quarto. A minha porta não tinha tranca. Nos abraçamos e beijamos, mas eu me detive porque não sabia o que fazer depois. Você sorriu diante da minha hesitação e me chamou de provocadora. Então, lentamente, despimos uma à outra. Tiramos sapatos, camisas e jeans. Tudo menos as calcinhas. Nenhuma de nós usava sutiã. Rolamos juntas e nos beijamos um pouco mais. Meus lábios roçaram os seus seios. Senti seus bicos duros na minha boca. Eu não tinha certeza do que fazer, não sabia aonde aquilo ia dar.

Nossas mãos encontraram o seu próprio caminho em direção às únicas peças de roupa que ainda estávamos vestindo. Meu dedo deslizou para dentro do seu corpo você sussurrou: "Oh, meu Deus, oh." Eu me derreti ao ouvir você dizer aquilo. Explorei um pouco o seu corpo. Você explorou o meu. Sabia que aquela não era a sua primeira vez, nem sonhando. Isso não me incomodava. Você parecia supor que eu era mais experiente do que na verdade era, mas tive muita vergonha de explicar. Assim, nos movemos sob as mãos uma da outra, suavemente. Eu esperava sentir uma urgência maior. Tinha imaginado que seria varrida por uma paixão crescente. Mas não, assim era melhor. Era muito melhor sentir os nossos corpos se aproximarem lenta e suavemente.

Eu não tentei fazer você gozar. Você parou quando eu parei. Novamente você adormeceu nos meus braços, nua, com o corpo colocado ao meu. Eu estava eufórica, embriagada. Fiquei olhando para você durante horas antes de finalmente adormecer.

E este foi o fim de tudo. Nunca houve qualquer tipo de compromisso. Você me beijou e partiu na manhã seguinte no seu lustroso carro azul. Durante meses trocamos lindas cartas. Não cartas de amor, mas de apoio. Você entendia o esforço que eu fazia para me assumir na escola. Eu respeitava a sua autoconfiança. Quando voltamos a nos ver, algo havia mudado. Éramos apenas amigas. Você me visitou, mas não ficamos mais sozinhas. Eu queria segurar você em meus braços novamente, mesmo sabendo que você provavelmente estava saindo com outra pessoa, quem sabe até já teria uma namorada fixa. Eu não estava apaixonada, só melancólica. Eu me forcei a esquecê-la.

Mas agora estamos na mesma faculdade, na mesma turma. Você não dá sinal de que se lembra de como nos abraçamos. Você sorri e faz um meneio de cabeça, mas não fala. Eu não vou me torturar pensando em você. Vou tentar me forçar a esquecê-la de novo. Mas por enquanto você permanece na periferia da minha consciência. Ainda é um esforço não me virar na cadeira e olhá-la fazendo anotações. Eu já superei você uma vez. Mas quero que saiba que o cheiro de cigarros e couro estará para sempre associado a você nas minhas lembranças.

Depois do jogo
Betty Moore

Pela agitação que sentia na boca do estômago quando olhava para mulheres eu soube, já bem nova, que era diferente. Tendo crescido no Texas dos anos 30, ouvindo que qualquer um que transasse com um parceiro do mesmo sexo era louco, eu não pude me permitir ser diferente – portanto casei. O sexo era apenas mais uma coisa que vinha com o casamento. Eu nunca senti uma necessidade urgente de sexo com um homem. Faltava a agitação na boca do estômago. Nunca cheguei a um clímax, nem fiquei satisfeita em fazer sexo com o meu marido.

Havia dois casais com os quais meu marido e eu saíamos. Os homens trabalhavam na mesma equipe. Nós pescávamos, passeávamos de barco, bebíamos e ríamos juntos. Kim e Al tinham a mesma idade que nós, uns vinte e muitos. Kim, Sue e eu éramos as melhores amigas do mundo. Enquanto os homens trabalhavam, nós fazíamos tudo juntas.

Kim era quieta e tinha um certo ar de mistério. Seu cabelo era preto azeviche, seus olhos duas piscinas profundas com uma pergunta escondida por trás deles, uma pergunta que eu compreendia perfeitamente. Ela era muito feminina, sempre parecendo saída da capa de uma revista. Sorria e gargalhava conosco, mas nunca falava muito. Jamais comentava assuntos pessoais, apenas a conversa trivial entre mulheres. Seus olhos, porém, diziam muitas coisas.

Algumas vezes eu a via nos meus sonhos. Ela estava de pé num lindo campo, nua, me chamando. "Que corpo lindo e sexy", eu pensava, enquanto caminhava em sua direção. Eu queria tocar a sua pele macia, sentir o calor de seus lábios adoráveis. No sonho, eu a tomava nos braços e nós caíamos na grama verde de cheiro doce. Estes sonhos me perturbavam e eu tentava tirá-los da cabeça. Bem no fundo do coração eu sabia que era atraída por mulheres, mas não permitia que minha mente aceitasse este fato.

Eu realmente não sei como tudo começou. Quando olho para trás, me pergunto: "O que foi que eu fiz para provocar aquilo?" Kim começou a flertar comigo toda vez que tinha chance. No meio de uma conversa ela, de repente, parava de falar e eu me sentia como se estivesse mergulhando nos seus olhos profundos e escuros.

Era o ano de 1957. Eu nem sabia o significado da palavra lésbica. Sem nenhuma consciência do que estava acontecendo, comecei a saborear os longos olhares, os sorrisos cúmplices. Continuava dizendo a mim mesma que jamais poderia voltar a ter estas sensações, mas cada vez que olhava para Kim, as sensações voltavam.

Eu era lançadora de um time local de beisebol. Certa noite, depois de um jogo, Kim estava extremamente animada.

– Foi incrível! – ela riu. – Você me deixou doida quando arrasou aqueles dois batedores.

Ela apertou o meu braço e então passou os dedos pelos meus cabelos curtos e suados. Tentei não deixar que as minhas emoções viessem à tona. Eu rezava em silêncio. "Por favor, Kim, não me toque. Por favor, Deus, não permita que ela faça isso de novo."

Nossos maridos tinham ido pescar enquanto estávamos jogando. Como trabalhavam no último turno da noite, eles não estavam em casa quando voltamos.

– Quer ficar um pouco, Kim? – perguntei quando entramos na minha cozinha.

– Claro – ela sorriu. – Não tenho nada para fazer a essa hora da noite a não ser dormir e isso ainda não quero fazer.

Tirei duas cocas da geladeira e fui até a mesa.

– Acho que vou tomar uma ducha. Só vou levar um minuto.

Comecei a tirar os sapatos e as meias.

– Não vá ainda, Liz. Tome a sua coca.

Ela estendeu a mão e tocou meu braço.

Peguei uma toalha e rapidamente esfreguei o suor do rosto, torcendo para ter conseguido esconder o tremor que o toque da sua mão havia provocado. Senti um estranho arrepio percorrer o meu corpo.

– Adoro quando você está quente e suada. Você é muito sexy, sabia? – ela sussurrou, enquanto os seus olhos inspecionavam o meu corpo.

Engoli em seco e consegui dar um sorriso.

– Obrigada. Você também.

De alguma forma, eu sabia que alguma coisa estava para acontecer. Eu não sabia o quê, mas sabia que seria naquele momento, ali mesmo. Comecei a sentir aquela sensação na boca do estômago. Um tremor percorreu o meu corpo, da base dos pés até o pescoço.

– Eu queria que houvesse algo mais excitante para fazermos – ela provocou.

Seus olhos escuros pareciam me puxar para dentro deles. Senti uma onda de calor mover-se pelo meu corpo. Mordi a isca e respondi:

– Bem, nós poderíamos ir para o quarto e fazer amor como duas loucas.

– Vamos – foi a sua resposta, sem um minuto de hesitação.

"Meu Deus!" eu pensei. "Onde fui me meter?" Eu nunca tinha feito amor com uma mulher. Bem, ali estava a primeira oportunidade. Aquilo pelo que eu vinha esperando secreta e temerosamente este tempo todo. Senti medo, mas enquanto os nossos olhos procuravam ver a ansiedade no rosto uma da outra, peguei a sua mão e a levei para o quarto. Eu sentia que saberia instintivamente o que fazer. Fiz o que as minhas emoções represadas me ordenavam.

Beleza! Maravilha! Finalmente eu descobria o que era gozar!

Kim me contou mais tarde que havia tido um caso rápido com uma companheira de quarto na época da faculdade. Eu lhe disse que não havia tido nenhuma experiência anterior. Rindo, ela falou:

– Pode acreditar, não parecia!

Depois daquela noite com Kim, eu nunca mais deixei que um homem me tocasse. Pedi o divórcio e comecei a levar a vida da maneira como achava mais correta. Kim e eu mantivemos o nosso caso por alguns meses. Não estávamos apaixonadas, mas tivemos uma bela experiência juntas. Ela continuou com o seu marido, a quem realmente amava. Kim me ensinou a ser uma amante agressiva, terna e amável ao mesmo tempo. Sou eternamente grata a ela por ter mudado a direção da minha vida, para que um dia eu pudesse encontrar o amor e a felicidade.

Muitos anos já se passaram desde então. Tenho agradecido a Deus, diariamente, por ter me dado a consciência e a coragem de ser o que eu sempre fui, desde o dia do meu nascimento: lésbica.

Virgem Maria, eu posso?
Rose Walston

– Posso dar um beijo em você?
Apesar de, com certeza, não estar esperando essa pergunta, não fiquei tão surpresa assim. Um mês depois do meu décimo-nono aniversário, poucas coisas pareciam inusitadas, apesar de este não ser o desfecho que eu estava esperando. Apenas seis semanas antes, eu tinha viajado de Atlanta para a Inglaterra, a pequena ilha onde havia crescido. Eu não estava muito entusiasmada com a idéia de passar o verão com uma amiga da minha mãe, ensinando crianças com distúrbios mentais a andar a cavalo. Eu tinha trabalhado com cavalos nos cinco anos anteriores pelo mundo todo e mantinha um comportamento sexual promíscuo e discreto, num universo estritamente heterossexual. Relacionamentos duradouros nunca me atraíram, o que eu queria era puro sexo, descomplicado e sem emoção.

Sendo assim, eu não estava à procura de nenhum tipo de envolvimento quando conheci Alice, a companheira de quarto dos meus alunos adultos. Os sinos não tocaram nem as trombetas soaram quando fui apresentada à pequena morena de seus quarenta e poucos anos, usando moletom e levemente suada. Mal falei com ela até o dia seguinte, quando cheguei uma hora antes do horário da aula que ia dar. Meu aluno ainda não tinha chegado e Alice, com uma certa má vontade, me ofereceu um copo de chá. O meu aluno chegou pontualmente e entrou no meio de uma discussão inflamada sobre aborto, em que Alice estava expondo as suas idéias extremamente cristãs e fundamentalistas. Discordando veementemente, fui pisando duro até o centro da arena. Atribuí a minha falta de entusiasmo para dar aula naquele dia ao clima de agosto.

Toda tarde, depois da minha aula, Alice e eu discutíamos os pontos de vista mais rudimentares e os mais elaborados da doutrina e dos dogmas religiosos. Depois de uma discussão em que achou a minha lógica particularmente infantil, ela pediu para ver a minha carta de motorista para ver se eu mentia sobre minha idade. Estas conversas tinham propósitos diferentes para nós duas. O meu era exercício. O dela, recuperar uma alma perdida e reencaminhá-la para o Senhor. Quando dei por mim, estava jantando toda noite com Alice e discutindo religião e política com ela. Certa noite, após conversarmos por muitas horas, decidimos que estava muito tarde para eu dirigir durante quarenta e cinco minutos até a minha casa e que, portanto, eu dormiria no colchão ao lado da sua cama. Nós duas ainda discutimos nossas opiniões antes de adormecer.

Comecei a passar os meus dias de folga com Alice, dando longas caminhadas pelas estradas empoeiradas atrás da pequena casa da fazenda. Não sei bem como foi que começamos a nos dar as mãos nesses passeios de fim de tarde. A princípio consciente do toque sutil de nossa pele, que grudava de suor devido ao calor do verão, relaxei aos poucos e comecei a curtir a sensação de nossos pensamentos e dedos se entrelaçando e revelando uma à outra. A silenciosa tensão que surgia entre nós era dirigida para o trato com os cavalos e as discussões. Rindo incessantemente, tentávamos empurrar uma à outra nas pequenas poças entre as pedrinhas do caminho. Alice foi embora três semanas depois para passar quinze dias em missão como reservista da Marinha. Nenhuma de nós duas tinha se dado conta do quanto sentiria a falta de nossas discussões intelectuais noturnas ou das explorações diurnas, aparentemente superficiais, mas muito importantes para cada uma de nós.

Durante a sua ausência, nos falamos diariamente pelo telefone. Estava perplexa e perturbada por perceber o quanto eu ansiava ouvir a sua voz. Aos poucos fui me dando conta de que estava começando a precisar dela. Eu precisava falar com ela, sentir-me expandida e completa na sua presença. Isto era inadmissível. Eu não estava interessada em me prender emocionalmente a ninguém. Valorizava demais a minha independência e tinha medo, apesar de não ter coragem de admitir isso nem para mim mesma. A decisão era simples. Quando Alice regressasse, eu lhe diria que não queria mais passar o meu tempo ao seu lado.

Na noite em que ela deveria voltar, esperei hesitante, com uma impaciência que não conseguia identificar. Os sentimentos que tomaram conta de mim, quando ouvi o seu carro entrar e o portão bater, foram estranhos. Sua companheira de quarto não estava. A privacidade que tínhamos para conversar era desconcertante. Depois de ganhar algumas lembrancinhas e ouvir detalhes de sua passagem por Miami, comecei a explicar-lhe o que eu achava da nossa relação, que estava se tornando muito envolvente e que eu queria terminar. Seu rosto mostrou uma suave incompreensão e a nossa conversa se metamorfoseou em diferentes assuntos. Às duas da manhã, quando a sua companheira de quarto voltou, nos demos conta de que estávamos longe de ter sono.

Sem planejar nada, entramos no carro e Alice começou a dirigir. Vinte minutos depois, chegamos no alto de uma montanha e estacionamos o carro. Senti como se estivéssemos no topo do mundo enquanto olhávamos para o céu e observávamos as estrelas. A dor que eu estava sentindo não tinha explicação, não tinha início nem fim. A confusão deixava muito pouco espaço em minha mente para pensamentos e emoções agitadas. Sem dizer nada, Alice pegou a minha mão. Eu correspondi ao seu gesto e ela me puxou para si. Nós ficamos nos abraçando com força por um tempo indeterminado. Ainda mudas, voltamos para casa.

Deitada no colchão ao lado de sua cama, eu estava ocupada demais tentando conter o fluxo de minhas emoções para pensar no que aconteceria em seguida. Alice me perguntou se eu não ficaria mais confortável na cama ao seu lado. Sem nenhuma malícia eu me juntei a ela sob as cobertas, puxando a minha camiseta para baixo, ao redor dos meus joelhos. O meu corpo roçou no dela e nós nos aninhamos uma contra a outra, abraçando-nos com uma intensidade feroz. Ficamos deitadas assim por algum tempo, contentes e ansiosas. Quando ela finalmente falou, percebi que sua pergunta nunca havia me ocorrido, ainda que ao mesmo tempo não tivesse estado tão distante assim.

– Posso dar um beijo em você?

Minha decisão já havia sido tomada. Sem nenhuma palavra movi afirmativamente a cabeça e os seus lábios se amoldaram suavemente à minha boca. Ela me beijou uma vez, e então avaliou a minha expressão. Em algum ponto entre a pergunta e este momento, meu diafragma sofreu um espasmo e eu não consegui respirar, mas este detalhe perdeu a importância quando ela se inclinou para me beijar mais uma vez. Nossos beijos foram ficando mais profundos. Minha mente era como uma televisão sem antena – não conseguia fixar o meu pensamento em nada. Nos beijamos durante um tempo indefinido, antes de pararmos e dizermos uma para a outra que, obviamente, não faríamos nada além de nos beijarmos. Eu tinha consciência de que ela estava se debatendo para conciliar seus desejos às crenças religiosas. Nos beijamos novamente.

As convicções religiosas de Alice se desintegraram sob o poder de forças mais primitivas.

– Isso deve ser terrivelmente frustrante para você – ela disse arfante, tirando a minha camiseta.

Sem mais cerimônia, eu estava livre da minha virgindade lésbica.

Isto aconteceu há três anos. Estou prestes a celebrar o meu vigésimo segundo aniversário na casa rústica de cedro que eu e Alice compramos juntas. Levei vários meses para perceber que esta não era apenas mais uma experiência sexual passageira e sim um envolvimento real. Eu nunca achei que pudesse sentir isso por alguém. Nós nos assumimos para todo mundo – no trabalho, socialmente e para as nossas famílias – e temos um monte de adoráveis amigas lésbicas. Eu declaro a minha identidade lésbica com orgulho.

Um beijo especial
Gabriella West

Eu tinha dezesseis anos. Estava tirando alguns livros do meu armário na escola para meninas em que eu estudava em Dublin, na Irlanda. Havia uma outra garota que eu não conhecia bem em frente ao seu próprio armário. Alguém passou por ela e lhe desejou um feliz aniversário.
– Quantos anos você está fazendo? – perguntaram a ela.
– Dezesseis – ela respondeu. E como que para si mesma, acrescentou: – Doces dezesseis anos sem nunca ter sido beijada.
Este comentário espontâneo me desconcertou. Será que isto significava que ela realmente não tinha sido beijada? Por que é que eu me sentia como se fosse a única entre os meus amigos que não tinha passado por esta experiência? Eu não queria beijar ou ser beijada por rapazes, como a maioria das outras garotas parecia querer. Se eu fosse mais enturmada, teria começado a inventar histórias a respeito das várias aventuras que havia tido, mas felizmente, minhas poucas amigas não me pressionavam, ocupadas com as suas próprias inseguranças e temores.
Naquele mesmo ano tive a experiência do meu primeiro beijo. Não com um rapaz, mas com uma outra menina. Aisling, a minha melhor amiga. Vivi durante meses envolta em ondas de amor. Torcia secretamente para que a excitação que eu sentia por ela e a tensão sexual que pairava no ar entre nós duas não fossem apenas uma ilusão. Ainda não tinha me assumido, nem

acreditava que alguma coisa concreta pudesse acontecer ou que ela realmente me quisesse.

Aisling veio passar o fim de semana em casa. Minha família tinha mudado recentemente para o campo, para uma casa grande, onde todos nós tínhamos mais privacidade. Talvez esta nova noção de espaço tenha sido o que me fez sugerir à minha amiga que bebêssemos alguma coisa. Era por volta de nove horas da noite, minha mãe e meu padrasto estavam na sala vendo TV. Nós ficamos na cozinha, nossos copos cheios de xerez. Ficamos alegrinhas quase imediatamente.

– Seus olhos estão brilhando. Parecem verdes – disse Aisling.

Olhei no espelho e vi o meu rosto brilhando. Sorri para mim mesma. Estava feliz e relaxada, o que era raro. Amei a sensação.

Aisling e eu éramos de altura mediana, grandonas e de cabelos escuros. Ela era um ano mais velha do que eu. Seus lábios eram maiores e mais cheios. Ela os chamava de "lábios de hambúrguer". Aisling não gostava do seu corpo e sentia um monte de inseguranças. Mas eu a amava. Tive plena consciência disso naquela noite, e pela primeira vez senti que aquilo podia dar em alguma coisa. Mas não ousei pensar em nada real. Sentia apenas o desejo correndo entre nós.

Tomamos umas cinco ou seis doses e então nos dirigimos para a sala, exaustas e sorrindo. Minha mãe pediu que colocássemos os cachorros no canil. Obedientemente saímos com os cachorros. Apesar de já ser novembro, a noite era suave, suave o bastante para Aisling se jogar na grama enquanto eu conduzia os cachorros para o canil.

Voltei até onde ela estava e me ajoelhei sobre o seu corpo. Ela ficou deitada de olhos fechados. Será que ela estava dormindo?

– Aisling? – chamei suavemente.

Ela não respondeu. Eu a chamei novamente. Então, completamente incapaz de me conter, inclinei-me sobre ela e a beijei nos lábios.

Ela não abriu os olhos, por isso sacudi os seus ombros. Quando se levantou, eu não soube dizer se ela tinha adormecido ou não. Havia um tênue sorriso no seu rosto, mas eu estava surpresa demais com o que tinha feito para conseguir pensar com alguma clareza.

A noite poderia ter terminado aí. Ambas estávamos bastante bêbadas, ainda que de uma maneira discreta, quase introspectiva. Sentamos na sala de estar, conversando baixinho, e ficamos vendo um filme. Eu queria tocá-la, ficar próxima, mas me contive. Eu estava percebendo o desejo, mas não conseguia fazer nada. Tive medo que ela fugisse de mim tomada por alguma aversão.

Mais tarde, no andar de cima, ela se revirou na cama e eu percebi que chorava. Eu tinha ido dormir nua, portanto, quando me ajoelhei no chão ao lado do seu colchão, meus seios ficaram próximos do seu rosto. Tentei confortá-la. Ela me contou algumas coisas a respeito de sua vida e sua família que eu não sabia. Falou-me de sua tristeza por ter que cuidar da mãe que tinha problemas psicológicos. De repente, ergueu a cabeça e beijou o meu seio. Não fiz nada. Ela pediu que eu me deitasse ao seu lado. Eu me enfiei na cama. Ela então se deitou em cima de mim e começou a encher a minha boca de beijos. "Oh, meu Deus, é isso! Sexo!" foi o meu primeiro pensamento. Era tudo tão novo para mim. Eu me dei conta de que era isto que eu estava esperando, era disso que todas as histórias falavam, era isto o que eu tinha certeza que jamais aconteceria comigo. Mas estava acontecendo agora.

Como o meu corpo estava curiosamente anestesiado, foi aos seus beijos apaixonados que eu reagi mais. Mas eu queria beijos lentos, exploradores, suaves, molhados. Senti que ela não conseguia se permitir tamanha liberdade, por isso não ousei falar muito, com medo que parasse. Nenhuma de nós gozou. Apesar de sentirmos uma necessidade urgente de nos conectarmos, não conseguíamos relaxar e curtir o corpo uma da outra. Eu senti, e isto me assustou, que de uma certa maneira ela fingia que aquela experiência não estava ocorrendo.

Pela manhã, ela me olhou com horror e vergonha quando lhe contei o que tinha acontecido na noite anterior. Lembro-me de ela perguntar:

– Por que você não me afastou?

Ela me pediu para não escrever a este respeito, e deixou claro que isto nunca mais aconteceria.

Esta experiência me deixou com marcas profundas. A primeira reação que nós duas compartilhamos foi de negação, e a única maneira de continuarmos amigas foi esquecer por completo aquilo que havia acontecido. Guardei aquela experiência num lugar muito remoto da minha mente. Aisling fez outras amigas íntimas e me negligenciou, mas nós nunca rompemos definitivamente. Eu não expressava a minha raiva abertamente, mas me sentia péssima e comecei a me retrair, recolhida aos meus próprios pensamentos. Fui lentamente esquecendo do meu corpo, de que ele podia ter desejos. Fiquei anestesiada e retraída. Ela começou a sair com rapazes, o que me deixava incrivelmente enciumada. Eu não saia com ninguém. Foi somente um ano depois, já na faculdade, que eu finalmente compreendi que não me sentia atraída por homens e sim por mulheres e que talvez fosse lésbica. Até deixar a Irlanda, aos vinte e um anos, não tive uma única amiga lésbica, nem conheci nenhuma mulher que pudesse identificar como homossexual. Eu realmente achava que era a única. A culpa e a vergonha levaram um bom tempo para desaparecer, e a minha obsessão por Aisling continuou, apesar de nossas vidas terem se separado. Eu mal a via, mas, quando isto acontecia, a sensação era de desconforto e depressão, ainda que com uma certa dose de excitação. Ela sabia que eu ainda a amava, acho.

Levei anos para me recuperar desta experiência na casa de meus pais. Continuo me sentindo mais atraída por mulheres bi ou "confusas" do que por outras lésbicas, e isto me causa muita dor. Freqüentemente me pergunto se aquilo deveria ter acontecido com Aisling: nós éramos jovens demais, imaturas demais para lidar com um tabu tão forte. Mas sou feliz por ter me apaixonado tão intensamente. Sinto apenas ter me machucado tanto.

Queda por sexo
Stephanie Sims

Meus hormônios ferveram pela primeira vez em 1959. Eu tinha acabado de completar a quinta série – tinha acabado de fazer doze anos. Apesar de ainda não ter menstruado, não ter pêlos nem seios desenvolvidos, eu me flagrei apaixonada por Mandy. Éramos vizinhas, mas a sua família era mais pobre do que a minha. Vinham do Tenessee e seguiam uma religião fundamentalista que minha família desdenhava. Sentava ao lado de Mandy regularmente no ônibus da escola, apesar de ela já ter dezessete anos. Eu admirava a sua dedicação à escola e sua devoção aos livros. Ela também era bonita e sempre me fazia rir. Meus sentimentos foram aumentando gradualmente, mas num dia de primavera eu me dei conta do tamanho da minha paixão.

Durante pelo menos seis meses, eu me senti especial e única toda vez que estava perto ou pensava nela. Era uma paixão de garota, como eu nunca tinha experimentado antes. Felizmente para mim, Mandy não se interessava por rapazes. Isto era reforçado pela religião fundamentalista de seus pais, que, entre outras coisas, proibia-a de namorar, usar maquiagem ou qualquer roupa que não fosse um vestido. Eu também só usava vestidos.

Certa manhã, quando eu estava sentada ao seu lado no ônibus durante a última semana de aula, tive consciência da umidade entre as minhas pernas. Fiquei mais do que desconfortável com a sensação e assim que cheguei à escola fui ao banheiro para checar o meu estado, me limpar e ir para a aula. A umidade reapareceu quando estávamos voltando aquela tarde. Ao chegar em casa, fui direto para o meu quarto, tirei minhas roupas e descobri uma grande mancha no fundilho de algodão da minha calcinha. Peguei um tecido e limpei a minha xoxota. Quando toquei o meu clitóris, senti um arrepio especial. Então me masturbei pela primeira vez, ainda com o tecido na mão. Embora tenha passado vários minutos envolvida nisto, não atingi o orgasmo, mas fiquei satisfeita mesmo assim. Sabia que a umidade, a sensação nos meus órgãos genitais e as minhas outras emoções estavam associadas a Mandy. Fiquei desconcertada e fascinada, mas não amedrontada.

Determinada a descobrir mais, minha primeira oportunidade chegou poucos dias depois, quando as aulas terminaram. Encontrei Mandy num jardim perto de nossas casas. Eu tinha saído naquela tarde especial, torcendo para encontrá-la. Fomos dar uma volta juntas. Atravessando um tronco sobre um pequeno riacho, propositadamente peguei na sua mão, não porque precisasse de ajuda, mas porque queria ficar de mãos dadas com ela. Quando chegamos ao outro lado, não a soltei e continuamos a caminhar ainda segurando a mão uma da outra. Voltei a sentir a umidade e fiquei feliz por termos até o anoitecer antes de voltarmos para casa. Eu não tinha idéia do que poderia ocorrer, mas esperava que algo acontecesse. Apesar de termos falado na maior parte do tempo a respeito dos planos de verão, minha mente viajava pela sua xoxota. Apesar de nunca ter visto a xoxota de nenhuma outra mulher ou garota, nem mesmo a da minha mãe, eu, de alguma maneira, sabia que tinha pêlos. Fiquei me perguntando se Mandy já tinha pêlos e se ela também ficava molhada como eu.

Nossa caminhada nos levou por uma trilha de transporte de madeira até uma floresta de pinheiros, onde o chão estava coberto de folhas. Sentamos perto uma da outra naquele lugar isolado, parando de conversar. Descansei a minha cabeça em seu peito em total silêncio. Quando olhei para baixo, vi sua barriga e xoxota logo ali, cobertas pela roupa. Sem pensar, corri os meus dedos por baixo do seu vestido, tocando suas pernas, depois por dentro de sua calcinha. Ela não resistiu. Caiu para trás, deitando-se de costas sobre o chão. Em meio aos nossos risos, suspendi o seu vestido até o peito, olhei-a, levantei o meu próprio vestido e me deitei sobre ela. Nos beijamos pela primeira vez. Jamais esquecerei o seu sorriso. Ela estava absolutamente linda e correspondia totalmente ao meu toque. Nós nos ajustávamos perfeitamente, eu em cima dela.

Nossas xoxotas se pressionavam em sincronia. Depois de um tempo, Mandy parou, tirou a sua calcinha, depois a minha e me puxou de volta. Meu orgasmo – o primeiro da minha vida – veio como uma explosão de fogos de artifício. Nos abraçamos até que a chegada da noite forçou a nossa separação. Depois deste primeiro encontro, fizemos sexo quase que diariamente, passando a atividades mais íntimas sugeridas por Mandy, incluindo penetração com os dedos e sexo oral. Eu nunca fiz sexo com um homem. Mandy tirou a minha virgindade com os seus dedos e eu a dela. (Mais tarde, descobri que a única experiência sexual anterior de Mandy resumira-se a um cachorro que tentara lambê-la e cujo pênis ela posteriormente tocara). Antes do nosso primeiro encontro ela não tinha se interessado por sexo, fosse com homens ou com mulheres.

Continuamos juntas durante todo o verão, apaixonadas uma pela outra. Na biblioteca, descobrimos e lemos um livro a respeito de lésbicas, o que foi uma experiência positiva para nós duas. Nossa convivência era muito fácil, apesar da diferença de idade. Naquela época, naquele lugar, ninguém poderia imaginar que estávamos fazendo sexo uma com a outra.

Infelizmente, a emoção se foi quando, pouco antes de recomeçarem as aulas, a família de Mandy fez as malas no meio da noite e se mudou para a Geórgia. Nunca mais ouvi falar dela. Com o coração partido, fiquei imaginando que um dia voltaríamos a nos encontrar no paraíso das lésbicas.

Duas colegas de escola
Sharon J. Sanders

Eu tinha vinte anos e era caloura numa pequena faculdade da Flórida. Marge tinha dezoito. Nós estávamos acima do nosso peso, para não dizer gordas. E impecavelmente virgens. Também éramos filhas de homens importantes. Meu pai era um ministro batista. Minha mãe me dava medo. Ela já tinha encontrado um monte de coisas desagradáveis para dizer a respeito da professora de quarenta e dois anos pela qual eu tivera uma queda no segundo grau.

– Não sei o que mais ela faz – minha mãe dissera, com as sobrancelhas arqueadas e os lábios trincados –, mas sei que fuma.

Quando fora expulsa da escola por ter sido pega embriagada pelo conselho de estudantes nazistas, telefonara para casa antes de a escola ter a chance de fazê-lo. O fone fora murchando como uma ameixa seca enquanto ela me excluía da família com um: "Seu pai e eu nunca sequer entramos num bar." Portanto eu sabia bem o que era ser julgada pelas expectativas familiares. O pai de Marge era meu professor. Qualquer coisa que uma de nós fizesse junto com a outra tinha uma enorme probabilidade de chegar aos seus ouvidos em tempo recorde.

Marge se apaixonou por mim assim que nos conhecemos. Eu já tinha ouvido falar que ela viria estudar conosco quando, um dia, sentada com o meu grupo de amigos intelectuais na lanchonete do campus, eu a vi se aproximar da nossa mesa com um amigo, que a apresentou dizendo:

– Esta é a filha do doutor Thompson.

De minha boca saltou um:

– Não, esta é Marge.

Ela se apaixonou. Insistiu em ser minha amiga. Tenho que confessar que fiquei intrigada, mas não, não, não, eu não ia me apaixonar, eu não ia colocar toda a minha carreira universitária em risco, isso sem mencionar a minha alma. Era perigoso demais.

Ela me perseguiu durante dois anos. Não sabia muito mais do que eu a respeito de sexo, mas sabia o que queria. Um dia ela sugeriu envergonhada que nós nos embrenhássemos no mato e "fizéssemos aquilo". Ela era tímida, por isso suas investidas corajosas sempre chamavam a minha atenção. Eu sabia que o seu desejo devia ser forte. O fato de alguém me desejar tanto assim me emocionava. Eu só tinha conhecimento de uma outra lésbica no mundo – a professora do segundo grau que, apesar de flertar comigo e me provocar escandalosamente, nunca tinha tentado me levar para a cama ou me agarrar. Ela era uma lésbica veterana enrustida, sem nenhuma intenção de jogar tudo pelos ares por causa de uma garotinha de dezesseis anos. Eu estava quase resignada a levar a minha vida adiante sem amor, com a convicção de que não ser amada era uma punição divina para os meus vários pecados.

Marge disse:

– Vamos fazê-lo.

Em vez de dizer não, eu a olhei direto nos olhos e disse:

– Como? Nós nem sabemos o que fazer.

Apesar de não tomar uma atitude muito definida, não fugi da raia. Marge apareceu com um livro e disse que havia dado uma olhada nele na biblioteca. O ano era 1969 e nós nunca havíamos visto a palavra lésbica impressa, exceto no dicionário. "Seguidora de Safo, que administrava uma escola para jovens mulheres e escrevia poesias na ilha de Lesbos." Minha pesquisa havia parado por aí, mas Marge prosseguiu até a palavra homossexualidade, e descobriu um livro que descrevia algumas tribos na África e as explosões de um Priapus. Eu estava chocada. Não conseguia fazer nenhuma conexão entre as informações do livro e o que o meu corpo podia ou gostaria de fazer, mas, por ora, a sua pequena e entusiasmada pesquisa me parecia a coisa mais doce que alguém já havia feito por mim. Foi aí que ela me conquistou.

Eu não fui com ela para o mato naquele dia nem no seguinte. Eu não planejava fazer aquilo hora nenhuma. A idéia de fazer amor com Marge deixou a minha cabeça e se escondeu em algum lugar do meu corpo, onde ficou aguardando a hora certa, como uma mãe esperando pacientemente pelo seu filho atrasado. Enquanto isso, continuamos fazendo parte de um grupo de amigas como só é possível na faculdade. Íamos para a aula, comíamos porcarias e discutíamos sobre abrigos antibombas. Meu corpo continuou amadurecendo o seu pequeno segredo com um suave sorriso no rosto e doces sonhos de expectativa.

A primavera chegou e todos nós estávamos cansadas da faculdade, ansiosas pela mudança e pelo conforto que o verão traria. Na nossa inquietude, seis de nós se amontoaram num carro, dirigindo trinta quilômetros até a praia. Estava quase escuro quando chegamos. Marge, Joan e eu fomos para a água, enquanto as outras ficaram ao redor do carro. Joan era uma mulher jovem, corajosa, aventureira, com um corpo alto e delgado e cabelo preto liso. Ela foi provavelmente a primeira a tirar as roupas. Eu me isolei num silêncio em algum ponto da viagem, durante o crepúsculo, até a praia, muito consciente de Marge ao meu lado, das vozes femininas tagarelando ao meu redor, me confortando e abraçando com a sua familiaridade. Este era o nosso ritual, já que o tínhamos feito desde o início dos tempos. Tirei todas as minhas roupas e fui para a água, apesar de ser muito tímida. Aquilo não me causou surpresa. Entrei no mar como se no mundo todo existissem somente eu e ela.

O oceano estava tão quieto quanto um oceano pode ser e a lua brilhava na seda líquida que lambia a minha pele, expandindo-se e retraindo-se como anêmonas, seus pequenos dedos me tocando e repelindo. Flutuando deitada de costas, abri as minhas pernas para as águas, convidando-as a tocar a minha vagina e os meus bicos com seus minúsculos músculos, entregando-me ao oceano.

Ouvi as outras me chamando da praia. Relutantemente, ainda em transe, saí da água, me sequei com a toalha, me vesti e, então, me enfiei no carro com o corpo ainda arrepiado. Decidimos ir a um bar. O lugar era escuro, rústico e bastante quieto. Sentada ali, enquanto bebíamos cerveja e vinho, percebia apenas o meu corpo e o de Marge ao meu lado, irradiando tamanho calor que fazia com que o meu corpo trêmulo e úmido desejasse se encostar nela. Sem a consultar eu disse, assim que nos levantamos para ir embora:

– Marge e eu vamos ficar um pouco mais. Voltaremos de ônibus.

Elas foram embora. Nós caminhamos até a praia. Eu sabia que o último ônibus tinha partido havia uma hora. Sabia que não o pegaríamos. Estávamos procurando um lugar onde pudéssemos ficar sozinhas, mas não tínhamos pressa. Se conversamos, não me lembro. O oceano à nossa esquerda nos transmitia a sua eterna mensagem, suavemente. Não nos tocamos. Caminhamos e então chegamos a um pequeno hotel, onde alugamos um quarto. Tiramos a roupa no escuro e deitamos uma do lado da outra, ainda sem nos tocarmos. O medo e o desejo tinham alcançado tamanha intensidade que eu comecei a tremer e depois a sacudir violentamente, a ponto de achar que estava tendo um ataque epiléptico. Gargalhei e perguntei a Marge se aquela era uma cama vibratória. A voz que me respondeu estava tão trêmula quanto eu. Ficamos lá deitadas durante um tempão como dois pequenos terremotos, uma ao lado da outra. Eu finalmente me virei e toquei o seu estômago. Nós duas gozamos instantaneamente. Grudadas uma na outra, nos tocamos por horas com mãos e lábios e gozamos de novo e de novo, como fogos de artifício no reveillon. Enquanto um rojão explodia no céu e estávamos dizendo ah, o próximo já subia, e o próximo e o próximo. Até desabarmos, desmanchadas em carícias.

Amanheceu. Tínhamos que voltar para a faculdade até as dez da manhã. Havíamos infringido as regras e passado a noite inteira fora – dois pecados razoavelmente sérios na faculdade que freqüentávamos. Ficamos preocupadas, mas não enlouquecidas. Sentíamo-nos suaves e invulneráveis ao mesmo tempo. Tínhamos mudado e as regras pareciam irrelevantes. Nos demoramos no café da manhã e corremos até a estação de ônibus. Quando paramos no minúsculo estacionamento perto da nossa faculdade, olhei pela janela e vi o pai de Marge esperando por nós.

– Merda – eu disse, apontando para o que via.

Olhamos uma para a outra enquanto Marge balançava a cabeça dizendo:

– Merda – e sorriu.

Concertos de verão numa cidade pequena
Erin K. Kaste

A noite transformou os carvalhos maciços em andaimes e pontes para os esquilos sobre as antigas e escuras ruas de paralelepípedos. Tínhamos saído cedo da festa, apesar de haver vários cantinhos, num celeiro tão antigo, onde poderíamos ter ficado confortavelmente escondidas. Eu não me importava em ser esquecida e ignorada, e duvido que Betsy se importasse, mas não queria ter que agüentar a turma toda lembrando de nossa existência, às quatro da manhã, e nos caçando. Já tinha sido suficientemente constrangedor quando Francesca, a tocadora de harpa, entrara correndo na sala embriagada e tirara fotos nossas com a sua câmera, dizendo, entre um clique e um flash:

– Vocês duas estão tão bonitas hoje à noite!

Tinha sido mais fácil dizer boa-noite, em alto e bom som, para os nossos anfitriões, Zen, Sue e Yeah, que estavam fumando um baseado no terraço da frente, e nos esgueirarmos pela porta dos fundos para a noite calma de julho.

As noites de sexta eram tão animadas quanto a própria vizinhança. A pequena cidade de Ohio parecia ter parado no tempo, era fácil esquecer que o ano era 1992 enquanto ecoavam pelo ar os gritos distantes dos adolescentes cruzando a rua principal com seus carros. A cada momento passava um outro carro enferrujado, reverberando, deixando escorrer refrigerante das latinhas de dez centavos para fora das janelas e portas. Eu ouvia as suas vozes, via os faróis iluminando uma casa após a outra, mas só tinha consciência da presença de Betsy. Eu a via ao meu lado sem precisar olhar para ela. Fui com ela até o estacionamento da escola e me detive silenciosamente no pátio. O edifício parecia gigante, como um presságio por trás de nós, bloqueando a luz da lua, criando um buraco de escuridão e silêncio no qual podíamos nos abandonar. Três pessoas estavam sentadas no terraço da casa de esquina do outro lado da rua, com garrafas de cerveja em suas mãos. Algumas palavras chegavam até nós. Eu tentei ouvir por algum tempo, e então permiti que todo contato com o mundo externo se extinguisse.

  Havia uma meia dúzia de mesas de piquenique espalhadas pelo pátio debaixo de um escuro carvalho e Betsy sentou-se numa delas com os pés no banco. Sentei-me sobre uma espécie de trepa-trepa que havia ao lado da mesa. Ele tinha a forma de uma tartaruga sem cabeça e suas barras frias e delgadas marcavam a minha bunda num padrão quadriculado. Eu escorregaria se não houvesse uma outra barra apoiando as minhas costas.

  Betsy se perguntou em voz alta se os estudantes almoçavam do lado de fora nos dias bonitos, e vi seus olhar se voltar para os dias de lancheiras, manteiga de amendoim e sanduíches de banana. Tive prazer em ver o suave sorriso que se formava em seu rosto. Seus olhos, de uma cor meio indefinida, talvez verde, talvez azul, brilhavam sob a luz da lua, enquanto o seu cabelo caía em sedosas cascatas pelas costas. Ela era alguns meses mais nova que eu, ainda não completara vinte anos, era mais alta e tinha as mãos grandes e macias. Eu podia me perder facilmente na sua maneira de falar e rir, mas naquela noite meus pensamentos vagaram em outra direção.

  Rick tinha vindo me visitar duas noites antes. Era ele quem tinha me convencido a aceitar este trabalho, tocar quatorze semanas em uma orquestra para uma companhia de ópera, numa estação de veraneio no meio do nada. A cidade ficava a apenas três horas de Cincinnati, onde ele tocava numa banda country num parque. Ele era meu namorado havia dois anos e achara que eu e Betsy nos tornaríamos as melhores amigas do mundo naquele verão. Era ele que tinha estado ao meu lado, duas noites antes, quando Betsy nos cobrira com um lençol na sala e começara a acariciar os meus dedos tão suavemente que fizera as minhas entranhas se derreterem, depois ferverem enquanto ela assistia a um filme com toda a turma na tv que ela e Zen haviam alugado. Fora com Rick que eu fizera sexo naquela noite, apesar de não ter sido nele em que eu pensara quando fechara os olhos.

Um monte de esquilos agarrados na copa do carvalho acima me trouxe de volta. Encarapitada, eu mal podia roçar o joelho em Betsy. Ajeitei-me rapidamente, sentindo o liso e frio metal tocar as minhas pernas. Sentei-me ao seu lado na mesa, olhando pelo pátio e fechando o cerco ao seu redor com os meus olhos. O pátio terminava na escura passagem por onde tínhamos vindo, pelos fundos de casas quietas em ruas desertas. O mundo tinha parado – o mundo inteiro – exceto nós duas e o persistente esquilo que acompanhava todos os nossos movimentos de sua arquibancada invisível por entre as folhas. Num movimento fluido, Betsy invadiu o meu espaço, impedindo que eu me retraísse nas sombras sozinha. Ela tirou os meus óculos e as mesas de piquenique, o trepa-trepa e a nossa minúscula caverna se tornaram um borrão cinzento.

Nos abraçamos quase tão apertado quanto na noite anterior, quando tínhamos assumido a nossa paixão, confessando que nos sentíamos atraídas uma pela outra emocionalmente, talvez até fisicamente, mas não sexualmente. Tínhamos passado horas chorando, aterrorizadas, perguntando-nos o que aquilo significava. Enquanto eu massageava os seus ombros e suas costas, Betsy começou a roçar o seu nariz no meu pescoço e na minha face com suavidade o que causou tremores em todo o meu corpo. Imaginei que os seus lábios viriam na seqüência, mas não foi o que aconteceu.

Será que eu tinha acabado de pensar na hipótese de ser beijada por outra mulher? O esquilo fez um ruído agudo acima de nós, sem interesse nem medo, e comecei a deslizar o meu nariz pelo seu pescoço, pelo seu rosto, chegando o mais perto de sua boca que eu ousava. Eu sabia que não podia fazer aquilo. Eu sabia que queria fazer, mas não podia.

Vinte minutos depois aconteceu. Sua face parou junto à minha e eu senti o calor de seus lábios enquanto ela se aproximava aos poucos da minha boca. Segurei-a mais perto, com medo de ter errado, aterrorizada com a possibilidade de nunca saber se aquilo deveria ser ou não um beijo, quando senti a sua língua separando os meus lábios por um segundo glorioso. Meus ouvidos zuniram, minha cabeça girou e eu rezei para que ela não me soltasse nunca.

No momento seguinte nos separamos, olhando para todos os lados, menos uma para a outra.

– Este era o limite – ela disse suavemente – e nós o ultrapassamos.

Ao ouvir estas palavras, pareceu-me que toda a beleza do mundo havia se retraído na escuridão, transformada em feiúra, algo a ser descartado. Será que eu nunca mais poderia beijar aquela criatura delicada novamente? Ela me disse para voltar para Rick, para manter a minha vida heterossexual perfeita, ficar protegida ao lado dos rapazes. Ela disse que não podia fazer aquilo comigo.

Eu desejava que ela fizesse aquilo comigo. Eu queria e ela não me ouvia. Eu não precisava da proteção dos rapazes, certamente não a de Rick. Eu queria aquele belo e imponente rojão que se impunha na minha frente, aquele que explodia num milhão de faíscas, deixando apenas um resto de papelão pendendo tristemente na minha mão.

Caminhamos até as nossas casas enquanto o sol se erguia e passei mais de uma hora escrevendo no meu diário. Eu já tinha vivido grandes paixões antes, mas nunca imaginara que seria capaz de realmente beijar uma mulher, ou que tudo pudesse acabar tão rápido.

Não consegui me levantar para almoçar e fui para o concerto da tarde sem muito interesse. Betsy não ia tocar naquela apresentação, e eu queria vê-la de qualquer jeito. Três horas mais tarde corri de volta para a minha casa e me encontrei com minha amiga Grace, para jogar palavras cruzadas no terraço da frente. Eu estava começando a me sentir como um personagem de *Papai sabe-tudo* quando alguns meninos começaram a descer de bicicleta pelas ruas. Grace estava escrevendo algo monstruoso como rinoceronte quando ouvi uma batida na porta dos fundos.

Era Betsy. Zen tinha ligado para saber se ela podia lhe dar uma carona até a locadora. Quando as vi partindo, perguntei-me como era possível que eu tivesse beijado alguém numa noite e não falasse com ela no dia seguinte. Desejei poder confiar em Grace e contar tudo o que havia acontecido. Perguntei-me se ela diria alguma coisa para alguém. Tentei avaliar o seu rosto, mas ele me pareceu indecifrável como sempre. Fui buscar alguns raviólis e vagens congeladas para comermos no jantar e começamos mais uma rodada. Betsy demorou o que pareceu uma eternidade para voltar. Quando chegou, veio ver o nosso jogo, evitando os meus olhos mas permitindo que sua perna me tocasse suavemente. Pedi a ela que ficasse por lá depois da apresentação daquela noite.

Às onze, Zen, Sue e Yeah estavam ocupadas assistindo a um documentário da National Geographic sobre grandes e feios besouros que habitam a floresta tropical. Nem perceberam quando Betsy subiu até o meu quarto.

Eu tinha que beijá-la novamente e esperava que a intensidade do meu desejo não fosse tão visível. As luzes estavam apagadas, mas a porta que dava para a varanda estava aberta. Grandes raios de luar invadiam o quarto e os vagalumes voavam. Nós os olhamos silenciosamente por um tempo. Quando o céu da noite escureceu e os vaga-lumes foram desaparecendo, dissemos que não poderíamos nos beijar novamente daquele modo, para depois ficar lembrando como o beijo tinha sido maravilhoso, o que nos fez, é claro, acabar passando um longo tempo trocando beijos apaixonados.

    Já eram duas ou três da manhã quando ouvimos minhas companheiras de casa subindo as escadas para irem para a cama. Tranquei a minha porta o mais silenciosamente que pude, fechei a porta da varanda pouco depois e liguei o meu ventilador o mais alto possível. Quando voltei para a cama, Betsy se aconchegou ao meu corpo e começou a acariciar o meu peito. Eu nunca tinha tocado uma outra mulher deste modo. Adorei a maciez de seus seios e o modo como se misturavam aos meus, mesmo cobertos pelas nossas camisetas.

    Não tinha idéia de como duas mulheres faziam sexo. Eu já tinha pensado a respeito com interesse e curiosidade, mas não conseguia imaginar como a coisa realmente acontecia. Betsy, contudo, não parecia ter dúvidas, e logo estávamos deitadas, ainda completamente vestidas mas incapazes de manter nossas bocas afastadas. Tudo aconteceu tão rápido que me peguei gozando com uma intensidade que jamais tinha experimentado com um homem.

    Betsy ficou muito calma. Sabia que ela estava gostando, mas não tinha idéia se ela tinha gozado. O embaraço se apossou de mim em ondas gigantescas, tão fortemente que eu quis chorar, mas Betsy me abraçou forte, dizendo que tudo estava bem e que tudo era lindo. Eu lhe disse que a amava. Ela foi embora ao amanhecer sem ter dormido nada, mas desta vez sem promessas de que isto nunca mais aconteceria.

    Nas noites seguintes, seguíamos direto para o meu quarto depois das apresentações. No começo continuávamos vestidas, em parte por timidez, em parte por medo de sermos pegas. Aprendemos a tocar uma na outra por dentro das calcinhas frouxas e descobrimos como fazer para gozarmos ao mesmo tempo. Percorremos todos os quartetos para cordas de Beethoven no meu estéreo. Quando ousamos fazer amor sem roupa, estávamos tão convencidas de que Zen passava as noites com o ouvido colado na minha porta que nos mudamos para a casa de Betsy. Lá estaríamos mais seguras, já que Grace, a única pessoa da casa que sabia da nossa existência, morava no andar de baixo. Eu deixei de ir até Cincinnati nos meus dias de folga e passei a ficar com Betsy no lago, passeando de canoa. Éramos inseparáveis, fazíamos as refeições juntas, dávamos longas caminhadas, trocávamos olhares secretos na orquestra durante as apresentações e passávamos a maior parte das noites trancadas no seu quarto, fazendo amor. Temíamos ser pegas, mas não tanto quanto temíamos o fim do verão.

Foi num rodízio de pizzas, comemorando o fim da estação, que Francesca, a tocadora de harpa, veio me dizer:

— Achei que você ia querer isso — estendendo a foto.

A princípio, o motivo da foto parecia ser o dedo de Francesca, mas olhando mais de perto pude divisar os contornos borrados e escuros meus e de Betsy. Era daquela noite na festa, a noite em que tudo havia começado.

Na tarde seguinte, quando eu e Grace estávamos pondo a bagagem no carro para voltarmos para Nova Iorque e para a universidade, para bancar mulheres heteros, encontrei a foto e a enfiei no estojo do meu violino. Era a única foto que tínhamos de nós duas.

— Nossa, a Betsy parece muito triste por estarmos indo embora — Grace comentou, batendo a porta do carro. — Vocês devem ter ficado realmente muito amigas durante o verão. Será que ela acha que as coisas não vão ser as mesmas na faculdade?

Eu pus os meus óculos escuros e liguei o carro, tentando esquecer a imagem de nossa despedida chorosa.

— Não vejo por que não seriam.

Quando tomamos a direção da estrada, eu me reclinei no banco, grata por Grace ter me esquecido e preparada para passar as próximas dez horas na estrada formando uma perfeita combinação de palavras que me separariam de Rick para sempre.

Minha
Pat Schmatz

A primeira vez que fiz amor foi durante uma tempestade em junho de 1981, em Lancina, no Michigan. Eu estava num quarto no segundo andar de uma casa pequena, no lado leste da cidade. A cama se resumia a um colchão. O chão estava coberto com jeans, livros, calças de veludo cotelê, capas de álbuns, livros, meias e revistas. Na parede havia um mapa-múndi. Os países tinham tamanhos diferentes do que eu estava acostumada. Os EUA estavam menores e a África maior. Havia também um mapa do Japão e um do Grand Canyon. Eu estava ouvindo o disco *Give it up,* de Bonnie Raitt. No chão, ao lado da cama, havia cinco garrafas vazias de cerveja e um prato inacabado de nachos.

Minha roupa também estava no chão – shorts azuis claros de veludo cotelê da Ocean Pacific, uma camiseta da Universidade do Michigan azul escura e um par de tênis. Eles estavam numa pilha, entre outras roupas que não eram minhas.

Estava escuro no quarto. A chuva batia na janela e trovejava à medida que a tempestade avançava. Eu estava deitada na cama, ao lado de outro ser humano, depois de fazer amor pela primeira vez na minha vida. Eu flutuava entre o sono e a consciência, onde metade das conversas se perdiam e as imagens se decompunham.

A certa altura despertei totalmente e olhei para o teto. Meu corpo estava pesado, entorpecido e relaxado de uma maneira nova para mim. Eu ouvia a sua respiração ao meu lado, enquanto em minha mente a ouvia dizer novamente:

— Então, o que achou da sua primeira experiência sexual?

Não conseguia me lembrar do que tinha dito. "Fui bom", "Eu gostei" ou qualquer outra coisa completamente inadequada. Não havia palavras para descrever o que eu pensava da minha primeira relação sexual.

Eu me apoiei sobre o cotovelo e olhei para aquela pessoa, meu primeiro amor. Seu cabelo era grosso e castanho ferrugem. Ela estava de lado, suas costas largas voltadas para mim. Seu braço direito estava para fora das cobertas. Tinha ombros e bíceps grandes, graxa de bicicleta sob as unhas e um bracelete no pulso. Um bracelete de lésbica. Ela era lésbica. Uma lésbica de braços musculosos e pele macia. Ela me dissera que era uma ameaça. Eu me apaixonara desde o dia em que tínhamos ido passear de canoa juntas, bebido cerveja num pôr-do-sol de maio, quando me contara que era lésbica e me achava atraente. Eu me apaixonara no dia em que ela me levara para dançar no Centro Comunitário das Lésbicas. Eu me apaixonara na primeira vez em que ela me beijara na passagem atrás da loja de bebidas. Estivera apaixonada durante todo o tempo que levara para me decidir se ia ou não me meter nesta história de lesbianismo.

Eu me apaixonara naquela tarde em que tínhamos ido para a cama e eu não tinha idéia do que fazer. Eu me apaixonara quando ela lambera a parte interna da minha coxa. Eu me apaixonara quando vira os seus olhos verdes olhando para mim de um lugar que ninguém nunca tinha olhado antes. Eu me apaixonara quando ela chupara o meu clitóris e eu gozara e gozara de uma maneira que nem sabia ser possível.

Eu me apaixonei quando fiquei olhando para ela dormindo, até minhas pálpebras pesarem novamente. Então me aproximei dela e coloquei os meus seios contra as suas costas, o meu braço ao redor do seu estômago e o meu rosto em seu cabelo. Prestei muita atenção às sensações do meu corpo, ao modo como soava a sua respiração e ao cheiro do seu cabelo. Eu disse para mim mesma: "Este momento é meu. Todo meu, este exato momento, e ninguém jamais poderá tirá-lo de mim."

Ninguém jamais o fez.

Aulas de respiração
Paula Neves

Ela abriu a boca sobre os lábios sisudos e róseos, os cabelos loiros e os olhos azuis que olhavam para ela fixamente, olhou de lado para mim antes de tocá-la e disse:

— É isto o que eu vou fazer com você.

Então colocou a sua boca ao redor do O receptivo da outra boca e ainda olhou mais uma vez para mim como que para reforçar o que tinha dito.

Minhas pernas bambearam. Torci que ninguém mais da turma de primeiros socorros tivesse visto aquilo. Senti uma agitação quente no meu ventre enquanto Barb continuava soprando na boneca Annie. À medida que o peito da manequim subia e descia, eu me imaginava respondendo a cada movimento dos lábios ressuscitadores de Barb. Aquela aula estava sendo muito útil para as aspirações médicas de Barb, e para que nos conhecêssemos melhor. Aproveitei-me.

— Promessas, promessas — respondi docemente, enquanto ela cuidava da muda.

Ela tossiu no meio do seu quarto sopro e quase engasgou na boca anti-séptica, em eterna expressão orgástica, de Annie.

— Você está bem? — perguntou o líder do grupo, se apressando em socorrê-la. — A vítima do acidente é ela, não você. Ei, pessoal, acho que temos uma pessoa de verdade em quem treinar. Você está bem, Black?

– Sim – disse Barb, seu rosto voltando à cor normal. – Só um pouco distraída. Desculpe.

Eu também estava distraída àquela altura. Todas as semanas de provocação estavam surtindo efeito sobre mim. A culpa era minha. Barb e eu estávamos saindo havia três meses e nos agarrávamos, é claro, mas nunca tínhamos ido até o fim – sexo oral. Portanto, no meu estado virginal, com a mente repleta de expectativas a respeito da primeira vez, eu aguardava, desejando que aquele fosse o melhor presente do meu aniversário de dezenove anos, mais do que um mês inteirinho de férias. Sabia que Barb estava ficando inquieta. Eu também. Mas eu ainda era a boa moça que minha mãe tinha me educado para ser, apesar de Barb ser a mulher em torno de quem eu queria enroscar as minhas pernas.

Antes de Barb se inclinar para cuidar novamente de Annie, ela me deu um outro olhar que continha grandes promessas. Eu me segurei para não contrair a vagina, embora isso, com certeza, fosse aliviar um pouco da tensão lá embaixo.

"Espere só", dizia o seu olhar, mas eu não agüentava esperar mais.

Mais tarde, caminhando em direção ao dormitório com nossos certificados nas mãos, estávamos muito quietas, mas a tensão entre nós era como um incêndio. Quando finalmente chegamos ao meu quarto, sentei-me na cama. Barb sentou-se na cadeira em frente à minha escrivaninha e brincou com um lápis preguiçosamente sobre o mata-borrão. Tentei agir como se nada estivesse acontecendo. Nenhuma de nós olhou diretamente para a outra.

– Onde está a sua companheira de quarto? – ela perguntou finalmente, olhando para os seus tênis, girando-os para lá e para cá.

– Visitando os seus pais em algum retiro religioso ou coisa parecida.

Minha companheira de quarto era de uma estranha família cristã, devota de uma igreja que eu nunca ter conseguido entender. Fosse qual fosse, Vivian felizmente nunca sentia vontade de me fazer perguntas a respeito da minha relação com Jesus. Perto dela eu mantinha as minhas atividades sociais e particulares sob controle. Às vezes Barb dormia lá, com a desculpa plausível de que tínhamos estudado até tarde e que os ônibus já tinham acabado. Nestas ocasiões, o único comentário de Vivian era, "Oh, ok", enquanto ela remexia no cabelo e o colocava dentro de uma touca plástica para passar a noite. Quando Barb deslizava os seus dedos para dentro da minha calcinha depois de estarmos a salvo em minha cama, o despreocupado ronco de Vivian e a tv ligada ajudavam a camuflar as nossas indiscrições. Vivian geralmente era bem legal, sua única chatice era a necessidade de tratar do cabelo dentro do nosso quarto, várias vezes na semana, por isso a touca, aplicando produtos que exalavam um odor amargo de tempero de salada. O quarto e as minhas roupas estavam ficando impregnados daquele cheiro. Por isso eu apelidara Vivian de Vinagre.

– Vinagre não vai voltar até amanhã à tarde – informei Barb no caso de ser isto o que ela estivesse querendo saber, se é que ela estava querendo saber alguma coisa.

– Então tire a sua roupa – ela sugeriu casualmente.

O lápis parou de repente sobre o mata-borrão. Algo no inesperado tom de comando de suas palavras fez o meu sangue correr mais rápido.

– Não, tire-a você de mim.

Suas mãos estavam em mim num segundo, e cambaleamos até a cama como cachorrinhos atrás de uma boa lambida. Rimos e fizemos cócegas uma na outra, tirando as roupas de qualquer jeito. Quando chegamos na nossa roupa íntima, estávamos histéricas, excitadas demais para fazer qualquer coisa. Quando nos acalmamos, deitamos em silêncio nos olhando. Ela se inclinou para pressionar o seu corpo contra o meu, mas, repentinamente consciente do que estava acontecendo, eu não permiti que ela se mantivesse nesta posição durante muito tempo.

– Ok – eu disse solenemente. – Espere um pouco. Eu me rendo. Aqui...

Saí de baixo dela e tirei minha calcinha.

– Aqui está a minha bandeira branca.

Eu rodopiei a calcinha e a atirei sobre nossas cabeças. Ela voou, abrindo como um pára-quedas e pousando suavemente sobre a prateleira encostada na parede. Caímos na gargalhada novamente até Barb me sufocar com um beijo forte e provocar ainda mais prazeres deslizando sua língua para cima e para baixo no céu da minha boca. Sem querer perder o controle, eu a beijei de volta ferozmente, como se fosse devorá-la.

Encorajada, ela me virou para que eu montasse nos seus quadris com a parte de cima do meu corpo sobre o seu rosto. Sua boca estava na altura dos meus seios. Ela tentou pôr os meus bicos na sua boca mas eu não deixei. Recuei, deixando que ela só passasse a língua rapidamente sobre um deles.

– Sua provocadora – ela disse.

Deslizando sobre ela, tirei a sua calcinha. Assoprei seus pentelhos, chegando perto o suficiente para sentir a tempestade que se agitava lá dentro, mas não o bastante para tocá-la. Então lentamente voltei para cima, usando todo o meu corpo para acariciá-la, até que a minha pequena moita ficou sobre a sua boca, pairando ali como uma pequenina nuvem.

Ela gemeu, tentando erguer a cabeça para ter uma visão mais de perto. Eu pus um joelho de cada lado de sua cabeça com calculada deliberação e comecei a descer, abrindo-me como um leque, rindo da diversão e facilidade da coisa. Então ouvi o som metálico de uma chave sendo enfiada na porta.

Mais tarde eu me maravilharia com a minha inacreditável flexibilidade acrobática de descrever um arco perfeito pelo quarto a partir do rosto de uma pessoa, pousando sem proteção num espaço minúsculo. Mary Lou Retton se orgulharia. Enfiei meu robe, sem o cinto, e me inclinei, fingindo remexer nas roupas, quando Vinagre e o seu clã adentraram pelo quarto. O mais surpreendente, porém, foi que quando eu voltei a olhar para

Barb, ela já estava de camiseta e jeans, perfeitamente recomposta, com as mãos por trás da cabeça, como se estivesse curtindo uma preguicinha na brisa da tarde.

Antes que eu pudesse ao menos pensar em como ela tinha conseguido realizar tal proeza, ela disparou:

– Oi, como vai? Ficamos estudando até tarde, na noite passada. Estou cansada, sabe como é. Dina está cuidando da roupa suja. Acho que ela não se incomodou de eu ter tirado uma soneca no seu quarto – seu também, é claro, Vin... Vivian. Esta deve ser a sua família. Olá. – Ela se levantou para cumprimentá-los. – Dina –, ela chamou em voz alta – largue este armário. Venha cá conhecer a família de sua companheira de quarto.

Eu a mataria, decidi, enquanto me ajeitava e virava devagar. Sorri fracamente para Vivian, seu pai, sua mãe e um pequeno Vinagre de quatro anos que possuía a mesma aparência de sua irmã, obrigando-me a apelidá-lo de Vinagrete. Eu me aproximei deles com o cabelo desgrenhado, o robe semi-aberto e lhes dei um aceno, com o coração na boca. Mas, quando o pai estendeu a mão para um comprimento apropriado, não tive outra coisa a fazer se não estender meus dedos ainda pegajosos para apertar a sua mão. O seu sorriso congelou, vacilando apenas um pouco quando olhou sobre o meu ombro para a estante onde a minha calcinha pendia aberta. Foi então que me dei conta da importância do "cuidando da roupa suja". Perguntei-me se Barb havia feito este comentário de propósito.

– Muita roupa suja.

Quando o silêncio durou um pouco demais e eu tive certeza de que todos sabiam o que realmente tinha acontecido, ela continuou:

– Bom, foi um prazer conhecê-los. Façam uma boa viagem de volta. Dina, eu também vou nessa.

– Ok – eu sorri – ambas aborrecidas e aliviadas. – Se esperar um segundo eu levo você até a porta.

– Muito bem –, disse o senhor Vinagre, meio recuperado – nós também temos que ir.

Com toda aquela falta de formalidade, as apresentações corretas nunca foram feitas e nunca soube os seus verdadeiros nomes.

— Papai, vocês não vão ficar para o almoço? — perguntou Vivian.

— É claro, querida, mas vamos sair, se você não se importa. A comida da faculdade não é uma das minhas melhores lembranças. Prazer em conhecê-las, senhoritas.

Tão rápido como chegaram, foram embora.

Barb e eu nos sentamos em minha cama.

— Oi, como você está? — Barb sorriu para mim.

— Minhas costas estão doendo. O que achou da minha personificação de Baryshnikov voando pelo ar?

— Você fica melhor nua do que ele — ela disse. — Tenho que voltar aos livros. Vou perder o meu ônibus. — Ela se dirigiu até a porta.

— O que vou dizer a Vinagre?

— Diga que você só estava tendo aulas de respiração boca a boca — disse, enquanto a porta se fechava atrás dela.

Então eu soube que estava entregue à minha própria sorte.

RSVP
Julia Willis

– Você quer vir a uma fritada de peixe? – você me perguntou.
Deixando-me lá no hall da escada você saiu correndo para a aula, antes do último sinal. Fiquei olhando você disparar do prédio, correr pela calçada, parar, virar, olhar para cima e me flagrar olhando-a. Embaraçada por ter sido pega, eu acenei, amigavelmente – mas ao invés de continuar no seu caminho você correu de volta para o prédio e gritou para mim:
– Você quer vir a uma fritada de peixe?
Achei que você estava brincando.
– Uma fritada de peixe? – eu ri.
– Vamos fazer uma na minha casa.
A casa que você dividia na cidade com outras três mulheres, Susan, que acabaria gastando todo o dinheiro que tinha juntado antes de ir morar com o seu amante casado, grisalho e anormal professor de psicologia; Lisa, cuja infância tinha sido traumatizada pela promessa de seu pai de ter a Barbie presente em seu aniversário de oito anos (ele trouxera para casa uma atriz vulgar que em nada se parecia com a boneca, fazendo dez pequenas crianças chorarem desesperadamente) e finalmente Margaret, sua melhor amiga do colegial, que eu e a maioria das pessoas achava que era ou tinha sido sua namorada, uma vez

que o ar ao redor das duas era tão denso que se podia praticamente pegá-lo.

— Traga o pessoal da Casa da Duquesa, se quiser — você disse.

A Casa da Duquesa era a república, caindo aos pedaços em que eu vivia com Dick e Diana, um jovem casal — jovens e casados demais — e uma variedade de outros estudantes que circulavam por lá. A casa tinha este nome por causa de nossa professora de inglês, minha e de Dick, que nos havia dito que todos os grandes nomes da literatura tinham feito uso da religião, sexo ou aristocracia, portanto, a melhor frase do mundo seria algo como: "Meu Deus — disse a duquesa ao bispo —, tire a sua mão da minha coxa." Duquesa. Casa.

Nós escrevíamos, pintávamos e representávamos, o pessoal da sua casa e da minha — todos nós talentosos e aterrorizados com nossas aptidões, com medo de que ela não fosse suficiente (como na verdade não seria) ou que fosse excessiva (o que quase mais certamente seria). Você era uma artista plástica, mas o seu pai era responsável pelo meu departamento de inglês, um homem que adorava Jane Austen a ponto de ele e sua mulher terem gerado três garotas, das quais você era a segunda, a sábia garotinha, "A filha do doutor e da senhora Walace, Amanda." Que usava sobretudo para ir à escola no primeiro grau.

Você não estava usando um sobretudo naquele dia quando me chamou na escada, mas jeans e uma jaqueta de couro com um maço de Lucky Strikes enfiado no bolso. Não era uma jaqueta de couro nova com aquele cheiro de loja de couro ou um modelo sofisticado de franjas bregas mas uma jaqueta de motoqueiro, surrada, de quinze dólares que você tinha encontrado no bazar do Exército da Salvação, entre uma prateleira de plástico e um sofá que fedia a mijo de gato.

Seu cabelo louro e fino estava comprido (era a época Nixon, pós *hippies*, pré Stonewall) abaixo dos seus ombros, emoldurando os seus traços elegantes — maçãs do rosto altas, testa larga, nariz e queixo bem desenhados, tudo coroado por olhos verdes sorridentes. Mas a primeira coisa que notara em você, quando entrara na sala, não tinha sido seu cabelo ou qualquer traço facial mais marcante, nem mesmo a jaqueta de couro, apesar de ter ouvido seus botões e zíperes balançando e fazendo barulho enquanto você passava. Eu estivera olhando para a mesa, examinando um abaixo-assinado, e o que vira então tinham sido as suas longas pernas e seus pés elegantemente calçados em botas beges em estilo country, da L.L. Bean, disponíveis apenas pelo correio. Você ficara sentada nos fundos da sala e eu tinha passado metade da aula procurando uma desculpa para me virar e ver quem poderia ser aquela pessoa que usava aquelas botas, até que a professora, graças a Deus, chamara o seu nome e todos nós tínhamos virado, e eu a vi sentada entre a sua velha amiga, atual companheira de quarto e provavelmente namorada Margaret, e uma doce e levemente drogada vietnamita chamada Loch, que dois anos mais tarde estaria indo de casa para o trabalho num centro de artes, quando um grupo de adolescentes a cercaria e a mataria por seis dólares e um relógio Timex.

Semanas iriam se passar até o dia em que eu saísse da sala e a descobrisse sentada sozinha no corredor, como se estivesse esperando, pronta para explodir em palavras havia muito guardadas. Tínhamos conversado rápida e excitadamente, até você me acompanhar à minha próxima aula. Quando chegamos na escada, ainda conversando, o sinal soou sobre nossas cabeças, fazendo você correr. Pouco depois você correra de volta para me convidar à sua casa para uma fritada de peixe.

Mais tarde descobri que não só Margaret nunca tinha sido sua namorada, como você tinha acabado de inventar a história da fritada de peixe para ter alguma coisa a mais para me perguntar, para prolongar de algum modo a conversa que havíamos iniciado na escada, você no degrau de cima, eu no debaixo, nós duas juntas num píer, a eletricidade, a falta de fôlego, o beijo fantasiado após a realidade ressonante do sinal lembrando o atraso – de modo que depois de convidar todos da minha casa você correu para a sua e avisou suas companheiras: "Temos que fazer uma fritada de peixe no sábado à noite, já convidei todo o pessoal da Casa da Duquesa."

O jantar envolveu metade de nós num processo de tentativas e erros na cozinha, mergulhando peixes e mais peixes na gordura, enquanto a outra metade se divertia na sala, alternando-se em ler em voz alta uma publicação maravilhosamente libidinosa que você tinha roubado da biblioteca ao lado da estação de ônibus do centro da cidade. Quando o jantar foi servido, nós estávamos tão famintos e superestimulados que o peixe podia ser de papelão que ninguém teria percebido.

Eu ainda não estava certa a seu respeito, nem você ao meu. Como cada uma de nós achava que a outra era experiente, o que era um grande erro, continuamos a nos olhar, falar e fazer charme até que finalmente, numa noite fria de inverno, você ficou na Casa da Duquesa para jantar e beber vinho.

Nós fomos para o meu quarto com o resto da garrafa e conversamos deitadas na minha cama até as quatro da manhã, hora em que pareceu perfeitamente natural que você dormisse lá, comigo na cama de solteiro. Ali deitadas, nossos corpos mal se tocavam. Você começou a tremer tão violentamente que eu pensei que estivesse passando mal por causa do vinho. Pus minha mão para fora das cobertas para tocar o seu ombro e perguntei o que havia de errado, quando você se virou de repente, me agarrou e me beijou. Depois disso nada mais houve de errado. Nada nunca mais estaria errado novamente.

Tudo começou, porém, no dia da escada, quando você parou do lado de fora, olhou para cima e me flagrou, olhando para você com desejo, uma princesa na sua torre de marfim aguardando ser salva por outra dama. Você me salvou, salvou a minha vida, me chamando, sua voz doce reverberando naquelas paredes ocas, ecoando insanamente do primeiro andar até o teto, até o céu acima dele.

– Você quer vir a uma fritada de peixe?

Se eu queria? Meu Deus, sim. E obrigado por perguntar.

Ah, se eu soubesse
Sarah Peterson

Queria que esta história fosse publicada com o máximo de detalhes possíveis, incluindo o meu nome. Eu gostaria de ter lido uma história assim, encontrado uma lésbica que se identificasse como tal ou descoberto mais cedo, de qualquer outra maneira, que era possível estabelecer uma relação afetiva com uma outra mulher. Eu me teria poupado anos de um casamento nada satisfatório e muitas frustrações por acreditar que eu era repulsiva, o que mais cedo ou mais tarde arruinava qualquer relação que eu estabelecia.

Minha namorada e eu comemoramos agora o nosso primeiro aniversário, mas parece que nos conhecemos desde sempre. Nós nos encontramos na primavera passada, num retiro de yoga. Eu tinha cinqüenta e seis na época e ela quarenta e um. Descobrimos vários interesses em comum, especialmente a música. No final do retiro, marcamos um encontro para tocarmos juntas. Dana assumira a sua homossexualidade fazia pouco tempo. Apesar de apreciar a sua franqueza, eu tinha medo de ofender sem querer a sua sensibilidade lésbica com algum comentário ou atitude hetero impensada. Eu não fazia a menor idéia de como era a etiqueta lésbica.

Nos encontramos várias vezes nos meses seguintes, criando uma bela amizade e adquirindo o hábito de trocar abraços ao nos despedirmos. Não sei bem por que institui este abraço de despedida, mas suspeito que não queria parecer retraída. A aceitação era um valor muito forte para mim e eu não queria dar a impressão de excluir Dana, e não tocá-la normalmente, só porque ela era lésbica.

Certa tarde estávamos tomando chá na minha sala, Dana no sofá, eu no meu tapete de yoga. Ela se levantou para pegar alguma coisa e, em vez de voltar para o seu lugar, veio por trás e começou a massagear os meus ombros suavemente. Fiquei um pouco tensa no início e percebi que seria uma questão de aceitar ou não o seu toque, e por extensão a ela. Não sei dizer em que eu pensei exatamente enquanto estava lá sentada, curtindo a massagem, exceto que a aceitava. Decidi rapidamente a aceitar o que mais ela quisesse me dar, mas naquela tarde ela não me ofereceu mais nada. Marcamos um novo encontro e nos despedimos com o costumeiro abraço.

Na semana seguinte, quando estávamos finalizando a tarde com um chá, surgiu uma certa tensão entre nós e a conversa teve uma pausa. Como não suporto ambigüidade e espera, peguei a sua mão e disse:

— Dana, se você fosse um homem eu já a teria levado para a cama. Mas você não é e eu não sei o que fazer.

Seguiu-se um grande silêncio. Finalmente ela disse:

— Deixe eu me recuperar disso.

E então foi embora.

Tive a certeza de que interpretara mal suas intenções e estragara uma bela amizade. Fui para a cama com o coração pesado, perguntando-me se ainda éramos amigas.

O telefone tocou cedo na manhã de domingo. Dana disse:

— Eu ouvi bem?

Conversamos um pouco e então ela disse:

— Eu vou para aí.

E veio — eu mal tive tempo de sair do chuveiro e me vestir antes de ela bater na porta. Passamos a maior parte daquele domingo conversando no sofá.

Quando mencionamos o assunto sexo, insisti em fazer um exame de aids antes de tirar a roupa. Apesar de ter poucas chances, meu último namorado tinha tido um monte de parceiras e eu não queria expor Dana a nenhuma doença sexualmente transmissível, especialmente aids. Acho que foi aí que percebi que a amava. Até então eu tinha estado embevecida por ter a sua atenção e queria retribuir da mesma forma, mas quando a coisa ficou séria, descobri que também queria protegê-la.

Eu disse a Dana que não gostava muito de beijar. A sua opinião era de que eu não tinha tido um bom professor, e ela tinha razão. Depois de algumas lições bastante agradáveis, eu descobri que gostava muito de beijar. Até então eu não tinha imaginado fazer sexo com outra mulher ou qualquer outro tipo de fantasia sexual. O sexo com o meu marido e com vários namorados não tinha sido satisfatório para mim. Eu não tinha a menor idéia de como podia ser o sexo entre duas mulheres, mecanicamente falando. Eu havia me conformado com a idéia de que não haveria um clímax urgente e arrebatador com um homem.

Para mim, a essência do sexo entre duas mulheres é que ele é voluntário, igualitário e me dá prazer. Eu dou prazer a ela, ela dá a mim – se, quando e como nós preferimos. Nós falamos a respeito do que gostamos, o que funciona, o que queremos naquela hora. No começo nós éramos bastante desajeitadas. Apesar de sabermos do que gostávamos de maneira geral, nenhuma de nós sabia do que a outra gostava especificamente. Nós batemos nossos cotovelos e joelhos mais de uma vez. Agora, apesar de conseguir atingir o orgasmo com um vibrador, eu gosto da sua língua no meu clitóris quando estou fazendo sexo. Ela também gosta da minha língua, assim como de ser penetrada, mas ela sempre quer terminar com um vibrador. Dana já havia tido experiências lésbicas antes, gosta de fantasias e está sempre aberta para experimentar novidades. Eu tinha pouca experiência, sou menos criativa e menos ávida por novas práticas. A satisfação sexual me parece um tamanho milagre que me apeguei ao que funciona para mim.

Tentei retomar à minha identidade hetero depois que ficamos juntas. Eu não podia negar meus antigos parceiros e não achava que o relacionamento com Dana por si só significasse que eu era lésbica. Contudo, no ano passado, a minha atitude mudou. Eu agora me sinto muito mais atraída por mulheres, não consigo me imaginar voltando a ter parceiros masculinos. Como esta atitude exclui uma identidade hetero ou bissexual, eu me considero lésbica, mesmo que apenas por exclusão. Esta é a minha atual identificação, o ponto em que me encontro agora. Espero estar diferente no ano que vem, à medida que minha identidade lésbica continue a se desenvolver.

Lésbica mirim
Ari (Arlene) Istar Lev

Era 1969 – ano da rebelião de Stonewall. Nós tínhamos apenas onze anos, mas eu ainda posso sentir o meu coração bater quando lembro do seu doce toque. Você era tão bonita em seu casaco com o capuz puxado sobre o rosto, caminhando pelas ruas contra o vento do outono do Brooklyn. Você imitava os seus irmãos, ombros curvados, cigarro entre o polegar e o indicador e a brasa escondida na concavidade da sua palma. Ainda posso ver o modo como o seu cabelo escuro caía sobre a pele pálida e aquele sorriso que fazia meus olhos brilharem.

Ficávamos no pátio da escola, ouvindo os Jackson Five no rádio am que você sempre carregava, até o seu pai quebrá-lo num ataque de raiva. Não morávamos perto uma da outra e você vinha para a escola de ônibus. Às vezes ficávamos no seu bairro, outras no meu. Sua casa era sempre movimentada, com barulho de crianças e cheiro de comida. Seis irmãos, alguns já com os seus próprios filhos. Descascávamos batatas durante horas falando sobre garotos, corpos e sexo.

Quando estávamos no meu bairro, passávamos muito tempo andando pelas ruas. Nunca havia ninguém na minha casa, pois minha mãe trabalhava até tarde da noite e morávamos apenas nós duas. Costumávamos roubar cigarros e fazer anéis de fumaça por horas.

Lésbica mirim

Lembro-me da primeira vez que você me beijou.
– Vamos fazer um jogo – você disse. – Vamos fingir que estamos num encontro. Eu serei o rapaz e você a garota.

Somente hoje, ao escrever este texto, é que me dou conta: você já tinha tudo planejado. Mesmo naquela época você já sabia que me queria. Fingimos que estávamos tendo um encontro. Primeiro fomos jantar, depois você me levou para casa e nós ficamos do lado de fora da minha casa (que era o quarto de dormir da minha mãe) nos despedindo. Você me beijou. Você simplesmente se curvou sobre mim e me beijou. Eu me senti desconfortável, envergonhada e assustada, mas correspondi ao beijo. Você me ensinou o que fazer com a língua e as minhas entranhas derreteram. Você me deitou na cama da minha mãe. Ainda posso sentir as suas mãos por todo o meu corpo. Você não conseguia tirar as mãos dos meus seios, grandes já naquela época. Cuidadosamente, estendi a mão para tocar seu corpo, para sentir a sua pele macia, as pequeninas esferas dos seus seios. Fizemos amor por horas, você era o rapaz e eu a garota. E isso foi só a primeira vez.

Às vezes eu passava o fim de semana na sua casa. Seu quarto ficava no sótão, que era silencioso por estar mais afastado do resto da sua família. Acho que você tinha uma chave da porta para manter os seus irmãos curiosos afastados. Lembro da sua umidade na minha mão. Tínhamos medo de tocar uma na outra por dentro das calcinhas porque queríamos casar virgens, mas às vezes deslizávamos a mão até lá, nos tocávamos e ficávamos roçando por horas. De manhã, quando a sua mãe a acordava para ir à igreja, esta menininha judia a seguia, querendo ficar perto de você. Lembro-me de sentar no banco daquela igreja católica toda ornada enquanto você mantinha a mão na minha coxa.

A primeira vez que você me fez gozar foi no chão do quarto do bebê, no apartamento da sua irmã. Você esfregou o seu joelho em mim, o mundo começou a balançar e a minha respiração se alterou. Não entendi o que estava acontecendo e fiquei envergonhada, embaraçada e fora de controle. Sua irmã chegou em casa e nos pegou tentando fechar rapidamente as nossas camisas e calças jeans. Ela gritou conosco e nós ficamos mortas de medo de ela contar tudo, mas ela nunca o fez. Cuidávamos freqüentemente das crianças (havia tantas na sua numerosa família) e você lia para mim trechos de um livro pornô roubado, chamado *Rubra*, sobre uma adolescente de cabelos ruivos e todos as suas aventuras sexuais. Brincávamos uma com a outra enquanto líamos, apesar de não entendermos exatamente o significado de algumas palavras nem tudo o que Rubra estava fazendo.

Houve uma vez em que estávamos fazendo amor no chão da minha casa no meio da noite, quando a minha mãe acordou com o barulho e entrou na sala. Ela se sentou bem ali para fumar um cigarro, a única maneira que ela sabia que nos deteria. Nós fingimos dormir enquanto os sons evidentes de nós duas tentando respirar normalmente enchiam a sala. Minha mãe ficou lá, fumando, e nós adormecemos de mãos dadas no escuro.

Eu não entendia muito o que estava acontecendo. Éramos as melhores amigas uma da outra, além de namoradas, mas passávamos a maior parte do tempo conversando a respeito de meninos. Às vezes nós saíamos com rapazes, transávamos com eles e então abraçávamos uma à outra de noite, falando sobre o que tinha acontecido. Você me chamava de Arnie e eu a chamava de Louie e nós fingíamos ser garotos, que era o mais próximo que conseguíamos chegar da compreensão do lesbianismo. Nós conhecíamos a palavra "lésbica" e com um L formado pelo polegar e o indicador nos fazíamos sinais na sala de aula. Como foi que ninguém notou nada? Quando nos formamos, uma das meninas escreveu em meu livro de recordações: "Sorria se estiver feliz, sorria se estiver triste, mas jamais sorria se você for lésbica" em letras maiúsculas garrafais. Li aquilo e fiquei com muito medo, mas você me abraçou na escada e ameaçou espancá-la (muito corajoso para uma garota branca rebelar-se contra uma garota negra do meu bairro). Certa vez, quando eu e mais algumas amigas fomos dormir na minha casa e falamos sobre beijar meninos, eu mencionei algumas aventuras sexuais detalhadamente, sem contar com quem as havia vivido. Elas me forçaram a contar e acabei revelando que era com você. Apesar de surpresas, elas aceitaram bem a revelação. Foi a primeira vez que me assumi.

Nós namoramos por mais alguns anos e então nos separamos. A última vez que nos falamos foi quando você me ligou para dizer que achava que estava grávida e me perguntou se eu sabia de algum lugar onde você poderia fazer um aborto. É claro que eu sabia. Eu já era assistente social. Nunca descobri se você estava realmente grávida ou se chegou a fazer um aborto. Nem sei se você alguma vez se assumiu. Às vezes a imagino casada com um monte de crianças seduzindo todas as donas de casa de Flatbush. Mais tarde descobri que eu não fui a sua primeira, que aos onze anos você já havia amado outras garotas.

Levei muitos anos para deixar de dormir com rapazes e muitos anos mais para voltar para o meu ponto de partida – os braços de uma lésbica. Você sempre será "o meu primeiro cara", macio e forte. Já naquela época você admirava o suave poder da mulher. Seus adoráveis braços de garota são um dos melhores lugares que já conheci, e mesmo hoje ainda procuro por aquele tipo de paixão que nós duas compartilhamos.

O destino é o presente
Larissa Rachel Harris

É muito difícil escrever sobre isso, contar a história da minha primeira experiência sexual com uma garota. Ainda estamos juntas e olho para ela, me sento ao seu lado. O modo como nos encaixamos no modelo clássico da mitologia lésbica de relações instantâneas me assusta um pouco. Olhar para trás é sempre assustador.

Estudamos na mesma faculdade em Nova Iorque. Eu a vi no campus logo no começo do nosso primeiro ano. O que sempre me excitava era a tranqüilidade que ela trazia no rosto ao caminhar. Ela parecia serena e resguardada. Parecia grave – uma palavra antiquada que lhe cai muito bem. Antes mesmo de saber o seu nome, eu a vi usando um vestido curto de veludo vermelho escuro, uma espécie de vestido de noite da década de sessenta, caminhando com uma perfeita e desconfortável reserva e consciência de si mesma. Ela tinha um cabelo preto ondulado. Era muito bonita, mas tinha uma presença tão séria, um rosto pálido e peculiar, que eu não notei a sua beleza (que agora é uma presença constante para mim) durante um bom tempo.

Demoramos um pouco para nos tornarmos amigas. Eu raramente a fazia rir ou concordar comigo, mas ela me ligava regularmente. Nunca sabia ao certo o que ela percebia. Suspeitava que não muito, e isso me surpreendia. O que será que ocupava a sua mente por trás daqueles olhos azuis da cor do céu?

Eu não sabia. Ela sempre usava jóias enormes que, de alguma forma deixavam de ser cafonas quando no seu corpo. Ela tinha incensos e um espelho de moldura dourada no seu quarto, mas, às vezes, sujava os dentes de batom. A sua beleza não era plasticamente perfeita. Ela tinha uma amiga em Boston para quem enviava cartas de vinte páginas em envelopes que ela mesma fazia. Havia uma devoção e uma determinação nela que eu ao mesmo tempo temia e queria para mim.

Eu nunca tinha sentido algo tão difícil e intenso em relação a uma garota. Agora, na minha própria versão – na qual eu acredito a maior parte do tempo – acho que estava apaixonada por ela. Ela se assumiu para mim (uma frase que resume tudo o que ela me disse naquela longa noite) depois das férias, quando estávamos deitadas na minha cama e a chuva caía pela chaminé. Não me lembro de nada do que eu disse, somente dela gritando comigo por eu ficar calada. Escrevi no meu diário que me sentia como se ela tivesse me dado uma jóia enorme e eu a houvesse deixado escorregar do meu colo, sem saber direito o que fazer com o presente. Na minha cabeça não havia nada tão importante quanto aquilo. Eu ainda tinha um namorado de escola que estava na Califórnia e de quem eu às vezes sentia falta, o que contribuía para meu celibato.

Passei o verão em Nova Iorque e ela foi para a sua casa, em Boston. Nos correspondemos e conversamos pelo telefone e, uma vez, ela veio me visitar. Fomos a Coney Island. Voltando de trem, ela apoiou a cabeça no meu colo. Apesar de hoje eu ser capaz de rever aquele momento e reconhecê-lo como o instante que inevitavelmente nos conduziria às nossas noites juntas e ao nosso relacionamento, na época eu tinha outras coisas em mente. Eu tinha acabado de terminar com o meu namorado da Califórnia e odiava o meu trabalho.

Mas o verão que agora começava trazia muito tesão, só por meninas. Por isso é difícil escrever sobre o assunto. O presente é um verdadeiro ditador. Ele afirma que a vida é uma estrada cujo destino é o presente, quando, é claro, há muito mais coisas envolvidas. Escrever sobre a própria sexualidade é muito difícil porque o que se quer é uma história saudável e bem definida. É difícil refazer a percepção que se tinha anteriormente de alguém que agora se conhece tão bem e de um jeito diferente. Ela não usa mais vestidos clássicos e o seu cabelo está raspado. Lembrar de sua imagem anterior, porém, traz à tona a tensão e o deslumbramento de então.

Ela foi para a Califórnia para uma visita (e acabou conhecendo a minha melhor amiga lá – era estranho pensar em Beth entrando em contato com esta maravilha ainda não lapidada em minha vida). Quando ela voltou para Boston eu também estava lá, visitando a minha irmã. Liguei, ela veio me visitar e trocamos um grande, forte e desajeitado abraço. Ela estava muito bronzeada. Fomos para a sua casa e fiquei conhecendo os seus pais, seu cachorro e seu gato. Sua casa me fez lembrar da minha própria casa, suja, velha e grande.

Era tarde. Sentamos nos degraus perto da caixa de correspondência, deixamos os sapatos empilhados na escada e então eu a segui até o seu quarto. Ele ficava no terceiro andar. Tinha majestosas paredes cor de púrpura e um piso de madeira escura. Aquilo fez com que eu me desmanchasse como só uma atmosfera absolutamente perfeita é capaz de fazer. Havia grilos do lado de fora, para além das janelas pretas – como posso explicar o quão cheio de promessas barrocas era aquele instante? Adormeci na sua cama larga com as luzes ainda acesas. Acordei numa escuridão completa, sentindo um beijo no alto da minha cabeça. Aquilo era a coisa mais doce, delicada e simples do mundo. Pus a minha mão no seu braço frio, que eu não conseguia ver. O som do meu próprio coração abafou todos os outros enquanto eu flutuava. Ela era incrivelmente macia. Eu me senti como se tivesse entrado num quarto vermelho que ninguém jamais havia visto. Todos os meus contatos sexuais com rapazes tinham tido sempre um certo toque de teatralidade, cada gesto era conhecido, já estava previsto no script. Mas o que estava acontecendo agora com esta garota era de tirar o fôlego, era inteiramente meu: novo, azul, vermelho, fresco. Nós estávamos voando. Aquietamos a nossa respiração. Quando senti o seu hálito, ergui a cabeça e toquei a sua pequena boca com a minha, fazendo força para não morrer nos seus braços. O beijo foi muito, muito bom, mas é do lento progresso até ele que eu me lembro melhor. O sangue nas minhas veias parecia que ia transbordar.

No dia seguinte, ela me levou para passear de carro por Boston e não dissemos uma palavra a respeito da noite anterior. Vimos o portão para Chinatown e as fábricas da Gillete na estrada. Eu não comi nada durante o dia inteiro. Naquela noite caminhamos um pouco e nos sentamos novamente no calor daquele estranho e soberbo quarto. Eu disse que achava que não deveríamos nos tornar namoradas porque eu não queria magoá-la. Eu era apenas uma diletante. A discussão foi interrompida logo de cara, com uma de nós indo ao banheiro e a outra indo para a cama e apagando a luz. Ela se aninhou contra mim e disse:

– Tudo bem?

Na segunda noite, vi o seu corpo inteiramente nu iluminado pela luz da rua que entrava pela janela. Guardo uma fotografia luminosa desse momento em minha mente.

Eu, contudo, voltei à minha cidade natal e não liguei para ela durante um mês. Não me arrependo tanto de nenhuma outra coisa quanto do medo estúpido que eu sentia dela. Ela havia passado a sua intensidade ardente para mim e, esvaziada de amor, necessidade ou escrúpulos, eu escrevi algumas poucas e escancaradas cartas que de tão honestas e inteligentes me davam vontade de chorar. Voltamos para a faculdade e passamos mais um mês sem nos falarmos até eu finalmente lhe pedir as minhas primeiras e vagas desculpas.

Esta história é um aviso. Eu a amava, mas também estava contente com a minha vida do jeito que era. Agora eu a amo e não estou contente com a minha vida, apesar de ela hoje ser muito mais ampla. De vez em quando eu me arrependo de ter beijado os seus doces lábios, (e às vezes ela se arrepende de ter sido eu a beijá-la), outras vezes aquele beijo parece a única coisa corajosa que eu já fiz na vida.

Cataclismos em Kootenai
Jennifer Bosley

Eu tive um orgasmo na primeira vez em que a ouvi falar. Ela estava a trezentos quilômetros de distância em Missoula, no estado de Montana, e eu nunca a havia encontrado. Tinha apenas demonstrado interesse em trabalhar no seu spa, um zilhão de meses antes, e lá estava ela ligando para mim, agora, hoje! Nunca esquecerei.

– Oi, Jenifer, aqui é Teresa...

Blá, blá, blá. Eu não ouvi uma única palavra depois disso. Fiquei toda fascinada por esta mulher "maravilhosa demais para ser verdade", que tinha cativado cada centímetro do meu corpo e me feito perder o fôlego. Sei que tudo o que eu consegui balbuciar foi algo a respeito de uma data para uma entrevista e me ouvi dizer:

– O mais cedo possível.

Tenho certeza! Fui óbvia demais. Achei que aquela tinha sido a última vez que eu falaria com ela.

Desliguei o telefone num tamanho estupor que o som alto do aparelho batendo no chão não me perturbou. Eu tinha certeza de que ela estava na outra ponta da linha balançando a cabeça como quem diz: "Que idiota", enquanto eu limpava a minha boca com a manga da camisa. Bem, agora já era. Pelo menos eu não tinha bancado a idiota pessoalmente, como costumo fazer. E quem sabia se ela era lésbica? Eu agora tinha certeza de que eu era.

Graças a Deus tive consciência suficiente para anotar uma data no caderninho ao lado do telefone, anotação que só percebi algumas horas mais tarde: 10 de janeiro – nove horas da manhã, Teresa em Missoula. "Acho que este vai ser o encontro da minha vida", pensei com um sorrisinho na cara. "Estou indo passar dois dias em Missoula no meio do inverno para encontrar uma estranha que me fez gozar pelo telefone. Grande maneira de conduzir uma carreira."

Então fui encontrá-la

É claro que me atrasei. Eu tinha certeza de que ela já tinha ido embora, e que eu, é lógico, não estava preparada nem para as funções nem para a entrevista que estava prestes a fazer. Lá estava eu com botas de neve, um gorrinho estúpido de tricô e roupas largas para o frio num centro de emagrecimento completo, com lanchonete e tudo, olhando para uma piscina onde pessoas meio desnudas olhavam para mim como se eu fosse louca. Devia estar fazendo uns cem graus lá dentro. Eu pensei: "Merda" e rapidamente corri até o vestiário tentando me tornar invisível quando ouvi alguém dizer:

– Se está procurando pela Teresa, ela está no andar de cima.

Será que era tão óbvio? "O pessoal por aqui não mede palavras", pensei com meus botões.

Subi as escadas com o cabelo suado grudando na minha testa e, quando abri a porta, lá estava ela. A mulher mais bonita que eu já tinha visto. Alta, morena, e caminhando na minha direção, lentamente, graças a Deus, para que eu tivesse uma chance de fechar o buraco aberto no meu rosto abaixo do meu nariz. Meu rosto já enrubescido ficou de um vermelho ainda mais intenso quando ela se dirigiu a mim. Eu podia sentir a força da sua presença a cada passo que ela dava. Tinha um olhar que fazia com que eu quisesse saber o que havia por trás. Aqueles eram os mais brilhantes, intensos e sensuais olhos azuis que eu já tinha visto na vida. Aqueles olhos me fizeram desejar mergulhar nela e me molhar por inteiro.

Enquanto sonhava acordada, durante os dois segundos e meio que ela levou para se aproximar de mim, quase perdi a oportunidade de apertar a mão que ela me estendia. Rápida, mas gentilmente, readquirindo a minha compostura, cumprimentei-a. Tudo o que passava pela minha cabeça era como ela tinha conseguido fazer aquele cabelo preto com mechas cinzas, que me lembravam uma raposa capturada, cair tão perfeitamente ao redor do seu rosto. Pareceu-me que o meu olhar passou infinitas vezes pelo seu rosto, do cabelo para os seus olhos e de lá para o seu lindo queixo e seu sorriso, do seu pescoço para o seu cabelo e de novo para os seus olhos. Era um círculo vicioso.

– Você deve ser Jennifer – ela disse.

– Sim – respondi, soltando a mão que parecia tão suada quanto a minha.

"Droga! Por que não consigo me controlar?" Quando consegui finalmente elaborar uma conversa na minha cabeça e tentei prestar atenção às palavras que ela dizia (que, felizmente para mim, tinham sido apenas quatro até agora), encontrei um certo conforto na sua proximidade física. Ela me pediu que eu a acompanhasse até o andar de baixo.

Consegui! Eu a beijei!

Só precisei de uma semana. Eu sei, foi loucura, mas o que fazer? Eu devo ter conseguido o trabalho, porque uma semana depois eu tinha me mudado para Missoula e estava fazendo o que as lésbicas fazem em Montana – freqüentava um bar gay tentando não prestar atenção nas minhas ex-namoradas. Não, estou brincando. Eu só tinha uma pessoa na minha cabeça, o que também é típico das lésbicas de Montana. Seja como for, naquela noite Teresa entrou no bar. Eu a tinha avaliado minuciosamente durante toda a semana no trabalho, mas agora o clima era casual. Nós flertamos a maior parte da noite na mesa da piscina, fazendo sei lá o quê. Só me lembro do calor que eu sentia na altura dos quadris e no peito de tentar encontrar alguma razão para rir das suas piadas e tocar nela "acidentalmente" nos momentos cruciais. No final da noite, ela me ofereceu uma carona até em casa e foi aí que aconteceu. Eu não sabia qual era a dela, mas os amigos tinham me assegurado que ela era solteira. Ela foi parando bem devagar quando chegamos à minha casa e então veio aquele momento extremamente importante, quando o carro pára e você se pergunta se ela vai desligar o motor e entrar ou só deixar o motor ligado e esperar. Ela o desligou!

Entramos no meu apartamento!

Ofereci um café, minhas mãos mal recuperadas de tentar destrancar nervosamente a porta enquanto ela esperava atrás de mim. Então um outro momento crucial — onde sentar. Eu tinha uma quitinete, podia-se ver a cama de qualquer lugar (como eu, aliás, havia planejado). Havia uma cadeira e uma espécie de namoradeira. Ela se sentou na namoradeira e eu me juntei a ela, murmurando algo como: "Oh, eu detesto aquela cadeira" ou talvez tenha sido: "Cuidado, a xícara está quente".

Ela me queria, eu tinha certeza. Nunca tomei uma xícara de café tão rápido. Estava pensando no que oferecer a ela para vestir para dormir quando me perguntou:

— Você está namorando alguém?

Tenho certeza de que menti. Eu teria dito qualquer coisa para que ela avançasse em mim. Respondi simplesmente:

— Eu sinto uma enorme atração por você.

Ela quase engasgou com o café. Mas então ela olhou para mim com aqueles olhos azuis meio apertados, como se estivesse fazendo a sua melhor imitação de Clint Eastwood. Era agora. Eu me inclinei para frente. Segurei o seu rosto, trazendo-a para mais perto de mim até sentir os seus lábios macios e quentes contra os meus. Aí, sem perder tempo, pus a minha outra mão ao redor das suas costas e a segurei perto de mim. "Isto está realmente acontecendo? Estou realmente fazendo isso?" Eu nunca tinha feito aquilo antes e era maravilhoso. Ela também deve ter achado, porque nos enroscamos apaixonadamente e fomos para a cama, que não estava longe. Eu me encontrei no zíper do seu jeans e em questão de minutos estávamos deitadas uma ao lado da outra, suadas e satisfeitas.

O segundo encontro e uau!

Bem, segundo encontro é maneira de dizer. Desde o dia em que eu me mudei para o seu modesto quiosque no Rio Kootenai, a paixão e o jogo prosseguiram. Mas eu nunca mais atendi ao telefone da mesma maneira.

Para não depender dela
Nancy Slick

O modo como o perfume das gardênias impregnava o ar só me fazia sentir mais deslocada. O sol de junho queimava o meu esqueleto de 23 anos, portanto eu me enfiei sob os galhos robustos e levemente susurrantes da árvore. O jogo continuava. A craque do bastão tinha provocado uma grande descarga de energia naquelas mulheres musculosas, seu furioso estado de alerta aumentado ainda mais pela gritaria que vinha da multidão reunida ao redor do campo – mais um ponto. Depois que os xingos e gritos exuberantes abaixaram com a poeira, uma outra mulher séria saiu do campo e um novo desafio teve início.

Nisso passei toda a manhã, nova na cidade, sem conhecer ninguém, quieta pelos cantos. Algumas almas gentis vieram dizer olá, como a mulher que eu tinha conhecido na semana anterior lhes havia mandado fazer. Antecipando os meus interesses, ela enviara o comitê feminino de boas vindas até mim, uma gentileza da qual me lembrarei para sempre. Uma mulher expansiva da equipe me convidou para assistir de graça ao campeonato nacional de futebol das Forças Aéreas na semana seguinte. Grata pelo convite para sair, aceitei imediatamente.

Ao chegar na base, uma semana depois, fomos primeiro para o dormitório encontrar uma amiga sua, que tinha ido encontrar uma antiga paixão. Batemos levemente na porta. Até hoje fico maravilhada com as idas e vindas de acontecimentos que nos transformam para sempre. Lembro-me de que havia gente lá. Lembro-me de ficar do lado de dentro da porta. Lembro-me vagamente de ouvir as palavras "Esta é Donna... Esta é Peggy..."

– E esta – alguém sussurrou –, é Karen.

O resto é vazio. Venho tentando lembrar durante todos estes anos do que mais aconteceu naquele quarto. Essas eram vozes distantes ao fundo. Eu fiquei ali, parada, como uma boba. O que lembro claramente é que a minha alma foi capturada pelo olhar desconcertante vindo do outro lado do quarto. Lá estava Karen, sentada, congelada no meio de uma ação, com uma meia calçada e a outra na mão. Seus olhos grudaram nos meus. Seu cabelo escuro emoldurava gentilmente o adorável rosto italiano, suaves olhos verdes me capturarando num momento eterno. A sua alma me puxou para tão perto que eu me senti como se tivesse voado até ela, embora não acredite que o meu corpo tenha se movido. Este momento continua vivo em mim com uma alma própria.

Eu acompanhei os jogos de Karen durante toda a tarde, apreciando sua força e graça e lançando-lhe olhares tímidos quando podia. Meu coração se acelerava deleitado quando ela olhava de volta charmosamente para mim. Minha mente confusa rodava em círculos, tentando desesperadamente calcular todos os porquês e comos de eu estar lá enquanto eu atravessava de modo surreal a maravilha daqueles momentos.

A magia de nossa primeira noite juntas ainda me deixa perplexa. Nós nos enroscamos no chão do meu quarto e conversamos durante um tempão. Seus lábios macios e rosados me davam fome de beijá-la, mas como essa atração era nova para mim, resisti. Ficamos uma ao lado da outra em silêncio por alguns poucos minutos antes de ela finalmente romper o encantamento com um "Vamos nadar?" Ao mesmo tempo em que aquilo em aliviou, comecei a me debater com os "deveria ter feito", perguntando-me se eu tinha perdido a minha chance. Flutuando com ela na piscina com uma bóia, na suave e fragrante noite de junho, eu soube que tinha sido melhor esperar.

Olhando uma para a outra, flutuamos na água fria, silenciosamente. Ainda me lembro da maneira como a luz da lua brilhava em sua pele macia. Nossos dedos se entrelaçaram e olhamos com surpresa nos olhos verdes e profundos uma da outra. Nossas testas se aproximaram suavemente por um momento. Então, olhando devagar para cima, nossos narizes se tocaram gentilmente e nosso lábios, agora impacientes, até que enfim se beijaram. Oh, o toque dos seus lábios nos meus. Eu segurei a minha respiração e encontramos os olhos uma da outra. Sorrimos.

– Vamos entrar – ela disse baixinho.

"Sim", eu pensei, "vamos entrar. Oh, meu Deus!"

Nos trocamos rápido, colocando roupas secas, e então ela me tomou nos seus braços. O modo como ela me manteve próxima, o seu perfume e a maneira como o seu cabelo se enroscou nas minhas mãos ainda me perturba. Ela se deitou comigo, adorável e forte, o peso do seu corpo sobre o meu fazendo com que eu me apaixonasse. Quando ela me disse ofegante: "Quero você", achei que fosse desmaiar. Fizemos amor lenta e ternamente. Confiara nela desde o primeiro momento, e apesar de estar praticamente paralisada pela corrente de energia que corria pelo meu corpo, eu não estava com medo. Fui acompanhando e a toquei e provei e a amei como ela fez comigo. Dar prazer a ela me deleitou e surpreendeu, e celebrei as minhas sensações e gratidão silenciosamente, sem confessar que ela era a primeira mulher que compartilhava tais coisas comigo. Ela pareceu não suspeitar e me perguntou se eu tinha tido muitas namoradas na minha cidade. Eu não podia confessar que tinha aprendido a amar com ela.

Deitada ali ao seu lado, tive certeza de que já tínhamos estado juntas antes. O profundo alívio que senti quando ela me abraçou quase me fez suspirar e declarar como era bom estar "em casa de novo". Nos seus braços. Infelizmente, eu também sabia, sem sombra de dúvida, que não a teria em minha vida, não porque ela morasse em outro estado, mas porque eu precisava demais dela. Eu sabia que a veria novamente um dia, mas não antes de muito, muito tempo e só depois de eu ter aprendido a não precisar tanto dela assim. Eu não sei por que, mas às vezes o Espírito Santo me diz coisas antes de elas acontecerem. A tortura da lição está no conhecimento e na espera.

Mais de dez anos se passaram, e eu não a vi nem ouvi falar dela. Não tenho idéia do que está acontecendo na sua vida e duvido que ela se interesse pela minha depois de tanto tempo. Durante estes anos, senti o seu espírito vir até mim e pairar sobre o meu corpo, indo da minha cabeça até os quadris, penetrando profundamente em mim. Tenho certeza de que é ela que me visita deste modo e me pergunto se esta será a extensão do nosso contato. Apesar de achar que não preciso mais dela, ainda penso nela e fico impaciente por me aproximar. Apesar de eu me dar conta de que não temos nada em comum e que desejar é mais prazeroso do que ter, ainda assim gostaria de voltar a vê-la. De qualquer modo, sou grata pelo que ela trouxe para a minha vida, desde o milagre daquele primeiro momento que compartilhamos à lição de amor.

Suponho que tudo isso soe idiota agora, o clichê de nosso encontro parece místico demais para ser real. O modo como as almas realmente se tocam me conduziu a uma fé no amor que transcende os clichês e a mitologia. O dom de desejá-la excessivamente me ensinou isso. No meu mundo, o verdadeiro amor amadurece, transformando-se no domínio da alma, esperando a pista divina para se abrir e deixar que a beleza emerja e se manifeste. Mesmo sabendo disso com clareza, de vez em quando sou pega de surpresa pelo forte perfume de gardênia. Inundando-me com memórias, ele ainda me faz sentir deslocada.

L'chaim
Dory Wiley

Havia um filme em cartaz que eu estava louca para ver, embora ansiasse por bem mais que *A lista de Schindler*. Eu estava procurando por uma mulher para amar havia muitos anos. Todas as minhas paixões tinham dado em nada, nem mesmo um casto romance. Desta vez a situação era diferente, ela estava atraída por mim. Eu sabia disso pelo modo como ela sorrira e me olhara enquanto eu lhe contava a história da minha vida no restaurante. Tínhamos comido lagosta com brócolis e macarrão frio, envoltas em vibrações intensas. Hoje deveríamos ter o nosso primeiro encontro.

Fiquei me perguntando como o trágico assunto do Holocausto afetaria a nossa inclinação ao romance. Talvez devêssemos ter escolhido uma comédia romântica. Fui buscá-la e conversamos sem parar a caminho do cinema. Assim que as luzes se apagaram, ela pegou na minha mão e suavemente massageou cada dedo. Durante os momentos chocantes do filme apertamos a mão uma da outra e nas cenas trágicas trocamos lenços. A conclusão do filme traduziu bem o espírito do termo em hebraico *L'chaim*, o triunfo da alma humana em sobreviver e valorizar a vida como um verdadeiro tesouro. Ficar de mãos dadas com ela me deixou molhada de desejo. Eu queria que ela me tocasse em minhas zonas erógenas.

Nós voltamos para a sua casa com várias opções:
a) ir à cozinha para um lanche;
b) ver tv e fazer um lanche;
c) ir para cima e conversar;
d) ir para cima para transar.

Sem muita hesitação eu escolhi a letra "d" e ela exclamou: "Deus a abençoe!" Não me lembro de subir as escadas ou passar pelo corredor até o seu quarto. Eu estava flutuando nos meus sonhos de adolescente.

Na maior parte daqueles anos todos eu me iludira achando que o meu casamento poderia recuperar seu brilho. Houvera vários desapontamentos e expectativas frustradas. Meu marido conseguia me dar prazer da maneira como eu queria, mas alguma coisa continuava faltando. Minhas fantasias sexuais com mulheres tinham se tornado cada vez mais constantes. Eu não conseguia gozar se não fantasiasse que estava fazendo com outra mulher o que ele fazia em mim. Oh, aquelas fantasias. Encontros românticos com belas mulheres exóticas ou que eu via na rua e que me aqueciam em várias noites de inverno. Eu era sempre a parceira ativa. Eu as arrastava rapidamente para a cama ou para uma duna de areia isolada, onde nos beijávamos apaixonadamente e explorávamos o corpo uma da outra. Quando não conseguia mais esperar, eu a lambia e chupava com voracidade até nós duas explodirmos num orgasmo. Agora eu não estava sonhando. Eu estava realmente caminhando por um corredor até um quarto com uma mulher cujo toque havia me inspirado.

Depois de entrarmos, sentamos na cama e nos beijamos. Logo estávamos deitadas e ela desabotoou a minha camisa. Ela teve mais dificuldade em abrir o meu sutiã do que eu o dela e rimos muito com isso. Ela brincou com os bicos dos meus seios por muito tempo e eu suspirei, desejosa por completar a minha fantasia. Seus seios eram grandes, com bicos muito pequenos, mais fáceis de lamber e puxar. Quando coloquei um deles na minha boca, como um bebê faminto, ela me recompensou com um quase desfalecimento. Agora eu estava pingando. Se ela não tirasse a minha calcinha, ela ficaria grudada no meu corpo para sempre. Roçamos os nossos seios nus e esfregamos os nossos jeans. Finalmente ela estendeu a mão até a minha calça e peregrinou com seus dedos até o meu clitóris, que ardia de desejo. Quando sentiu o quanto eu estava molhada, ela soltou o gemido mais delicioso que eu já ouvi.

Nós tínhamos conversado sobre os nossos históricos sexuais e sobre o que gostávamos na cama na quinta-feira anterior. Ela sabia que aquela era a minha primeira experiência com uma mulher, e eu sabia que a sua ex-namorada era localmente conhecida por suas habilidades. Eu tinha consciência de que a minha técnica seria comparada, mas sou uma aluna dedicada e apaixonada por quase tudo.

Quando toquei o seu clitóris, ela pulou e me pediu para ser indireta e suave. Quando chupei os seus seios e toquei a sua umidade, soube que aquele era o meu lugar. A onda de calor no meu ventre e a eletricidade por todo o meu corpo nu foi devastadora. Quando ela se abriu para os meus dedos, arqueou os seus quadris e arfou, achei que ia gozar novamente. Então era assim que o sexo devia ser, mais do que simplesmente a soma de duas partes. Eu a fiz gozar. E foi muito melhor do que eu havia fantasiado. Ela implorou que eu pusesse os meus dedos dentro dela e soltou uma grande corrente de fluido claro. Eu o lambi todinho e desejei que a minha boca tivesse estado lá quando ela gozou. Eu gritei "Hum" e ela riu e me puxou para o seu rosto dizendo que eu era demais.

Depois desta noite abençoada, não consegui largar dela. Meu marido me perguntou alguns dias depois se eu havia feito sexo com ela, e admiti que sim. Ela tinha me dito para não levá-la em consideração na minha decisão de me divorciar ou não. Eu não estava certa se ela me amava, mas tinha certeza de que não poderia mais viver como heterossexual. A estrada para a independência seria longa e dura, mas o meu casamento tinha acabado.

Continuamos o nosso relacionamento desde aquela primeira noite. Houve alguns tempos duros, mas nós conseguimos atravessá-los juntas. Aprendemos como dar prazer uma à outra de várias maneiras neste último ano que passou. Nós nos amamos intensamente, mas eu não tenho uma bola de cristal para me dizer o que o futuro me reserva. Nós vivemos um dia de cada vez e celebramos a vida. *L'chaim*.

Jogo perigoso
Ariel Forstner

A minha primeira vez ficou marcada pela madeira – tábuas grandes e largas que se avolumaram sobre mim, cobrindo-me, protegendo-me. Tábuas de madeira gastas, com manchas escuras que bloquearam a minha visão, permitindo que eu visse o teto somente através das brechas. Eu era uma prisioneira, presa ao tapete pelas correntes do desejo. Eu tinha perdido a minha liberdade numa aposta e tremia com a consciência de que ela agora controlava cada movimento meu. Ela ordenou que eu me deitasse de costas enquanto o seu cabelo loiro se confundia com o meu. "Quem é ela?" Eu me perguntava. "Uma vampira? Um monstro? Uma megera? Uma cortesã? Meu alter ego?" O som forte do meu coração abafou as minhas perguntas, até que tudo o que eu pude sentir foi a madeira me pressionando enquanto me entregava a ela.

Tudo tinha começado tão inocentemente. Eu nunca teria imaginado que existisse uma pessoa assim por trás daqueles grandes olhos azuis e da boca sorridente. Desde o primeiro dia em que a vira, tinha querido ficar com ela. Batalhara para me tornar a sua melhor amiga e para que ela se sentisse atraída por mim. Eu sorria orgulhosamente quando nossos amigos nos chamavam de as "gêmeas Adriennes". Ambas louras, de olhos azuis e secretamente homossexuais. Na verdade tão secretamente que nunca teríamos sido capazes de articular uma definição caso alguém tivesse nos questionado. Ela me provocara para um jogo que já tinha feito antes. Eu estava interessada? Imediatamente a enchera de perguntas, mas ela apenas me lançara um sorriso misterioso e dissera que, se eu realmente estivesse interessada, ela me mostraria, mas eu teria que confiar nela. Quando ouvi estas palavras, fui acometida de uma descarga de adrenalina e soube que já era sua – eu havia sido fisgada. Desde o dia em que comecei a andar, ganhei a reputação de nunca desistir diante de um desafio, independentemente de quão difícil. Hoje, fazendo uma retrospectiva, sei que ela usou esse fato contra mim.

O jogo por si só foi tão inócuo – cartas ou algo parecido – que eu nem me lembro mais. O que o tornou notável foi o prêmio fixado: o vencedor levava tudo. Isso significava que eu seria dela pelo resto do dia, sua vítima, sua escrava indefesa. Criança insolente que eu era, esta perspectiva não me perturbou. Imaginei-me dando ordens mas foi ela, e não eu, quem saiu vitoriosa, e por mais furiosa que eu tivesse ficado, cumpri a minha palavra.

Tremi de apreensão. O que ela tinha planejado? Seus olhos inocentes se estreitaram para revelar uma força de comando que me cativou.

– Tire toda a sua roupa e se enfie aqui em baixo – ela ordenou, apontando para a mesa de café perto dela.

O tom de sua voz tomou conta de mim. Tremi. Ninguém nunca havia tido a coragem de me mandar fazer alguma coisa antes. Era sempre eu que estava no comando. Mas agora ela havia virado a mesa e eis que um lado meu até então oculto aflorava. Senti uma estranha umidade entre as minhas pernas enquanto tirava a minha roupa. Inteiramente vestida, ela me olhava sem expressão alguma. Nunca me senti tão indefesa, incerta ou fora de controle, e ainda por cima estava amando aquilo! Minha cabeça rodava, repleta de imagens e perguntas: "O que ela me mandaria fazer na seqüência?" Ela porém não me deu tempo para esses pensamentos, mas me repreendeu por estar demorando tanto. O medo correu por mim, me excitando mais enquanto eu me forçava a ficar na posição que ela havia mandado.

Fiquei deitada de costas, segurando a minha respiração em expectativa. Ela riu, um som que nada tinha a ver com aquela personagem e a cena, e quando tentei me levantar e perguntar o que estava acontecendo, ela rapidamente me empurrou para baixo com uma força que me assustou, mas que me deixou eletrizada. Eu lhe perguntei o que era tão engraçado. Ela respondeu que havia esperado tanto por este momento que não podia acreditar o quão fácil tinha sido me enrolar. Quando abri a minha boca com indignação, ela me calou com um beijo. Essa era uma variação muito bem vinda. Quando senti a sua língua entrar na minha boca, quase desmaiei. De onde ela tinha tirado essas idéias? Ela era a minha melhor amiga, não um rapaz. Mas então eu me dei conta do quanto aquilo era estranhamente bom e o quanto era gostoso sentir as suas mãos roçando o meu corpo. Sua mão seguiu o caminho da ponta dos seus dedos, descendo pelo meu corpo firme de ginasta, tremendo quando chegou ao meu sexo. Quando olhei pelas tábuas de madeira, ela me avisou para não fazer nenhum som, nem movimento, ou eu seria punida. Fiz um meneio de cabeça consentindo, sem confiar na minha voz. Eu me sentia tão irrevogavelmente sua que achei que ela ia realmente consumar a ameaça. Senti a sua respiração e seus delicados dedos me investigarem lá embaixo.

Eu não podia acreditar que isso estivesse acontecendo. Eu queria mais, mas não tinha idéia do que significava esse mais. Eu nunca tinha deixado ninguém me tocar ali. Eu era uma boa moça. Mas se isso era proibido, por que eu estava tremendo de excitação? Por que eu estava desejando tanto dar este passo em direção ao desconhecido com ela? Sua língua me tocou, me provou, me lambeu e tudo o que eu podia ver era a madeira, tudo o que eu podia ouvir eram as ordens "nenhum som, nenhum movimento" ecoando na minha cabeça, uma reverberação que persistiu durante anos depois deste momento. Ela não parou, foi inflexível, e eu como sua prisioneira não podia me negar, não queria me opor, só queria mais e mais de qualquer que fosse o castigo que ela quisesse determinar. E então senti o prazer – o doloroso prazer capaz de fazer a mente se dobrar – chegando a um ponto que me fez querer gritar de êxtase e chorar pela beleza da experiência.

Arfando em busca de ar, senti o seu corpo cobrir o meu, me protegendo, pressionando-me sobre o tapete. Quando abri os meus olhos, eu a vi, minha melhor amiga, minha gêmea, sorrindo para mim. Fiz com que o meu sorriso repetisse o seu. Eu lhe disse que perderia novamente de bom grado se aquele fosse o castigo. Ela, porém, me informou que da próxima vez era ela quem deveria perder. Nós nos engalfinhamos juntas debaixo da mesa de café e eu pensei: "Esta é a melhor amiga que eu já tive."

Eu não sabia que havia nomes para isso
Nancy Ascarte

Minha família mudou-se para Atlanta no verão de 1967. Depois das primeiras semanas na escola, fiquei amiga de uma menina da minha sala. Ângela era uma morena magra e atlética. Senti uma paixão avassaladora por ela. Quando passava a noite na sua casa, eu fantasiava estender a minha mão e tocá-la enquanto dormia.

Uma noite, estávamos deitadas na sua cama e começamos a falar de rapazes e de sexo. Usávamos termos de beisebol – chegar à primeira base era dar cheiros no cangote, a segunda base era ser apalpada e a terceira era ser bolinada lá embaixo e *home run* era fazer o percurso todo. Ângela me confessou que já tinha ido até a terceira base. Ela me fez jurar que eu manteria isso em segredo, com medo de ficar com má reputação. Fiquei fascinada com essas novidades. Eu não tinha nenhuma atividade com rapazes para compartilhar, portanto fiz perguntas.

– Você já deu beijo de língua?

– Sim, você tem que beijar antes de seguir para a segunda base.

– Que mais você fez?

– Eu o deixei enfiar a mão por dentro do meu sutiã e então ele me dedilhou.

— Dedilhou?

— Me comeu com os dedos. O cara põe o dedo entre as suas pernas e começa a atiçar. Aí ele enfia o dedo dentro e mexe até você gozar.

Eu ouvi com cuidado, mas não tinha realmente entendido.

— Até você gozar... — eu repeti. — O que isso quer dizer?

— Quando você atinge o orgasmo. Quando você se acaba. Você sabe que vai gozar quando sente como se fosse fazer xixi, mas não faz — você goza. É assim que um cara chega à terceira base com uma garota.

— Eu gostaria de experimentar o beijo de língua e o dedilhado, mas não tenho um namorado.

— Você não precisa de um namorado — ela disse. — Você tem a mim. Eu vou mostrar.

Por dentro eu gritava de excitação. "Ela quer fazer isso comigo!" A fantasia finalmente estava se tornando realidade.

Nós nos envolvemos em jogos sexuais até tarde naquela noite, e continuamos com eles durante toda a sexta série, nos acariciando por horas, trancadas no seu quarto. Ângela já tinha idade para ter seios desenvolvidos, que eu chupava como um recém-nascido. Nós também chegamos à terceira base — dedilhávamos uma à outra. Ela gozava quando eu a comia com o meu dedo, mas eu nunca me senti como se fosse fazer xixi. Mesmo assim, eu gostava muito daqueles momentos secretos que compartilhava com ela. Mas eles logo acabariam.

Encontrei um artigo numa revista cuja manchete dizia: "Lésbicas atrás das grades, homossexualidade feminina no sistema penitenciário". Levei um tempo para entender o significado das palavras lésbica e homossexualidade. Então compreendi que as mulheres estavam fazendo sexo entre elas, como Ângela e eu! Eu não sabia que havia nomes para aquilo. Comecei a entrar em pânico. Olhei para as fotos das prisioneiras uniformizadas. Será que eu era igual a essas mulheres? Será que eu iria para a cadeia por ser lésbica? Fiquei chocada, escondi a revista debaixo de uma pilha de jornais e corri para me trancar no banheiro de cima. Chorei de frustração, me virei e, flagrando a minha imagem no espelho, senti-me horrível. Alguma coisa devia estar errada comigo. As palavras lésbica e homossexualidade pareciam estar impressas no ar ao meu redor. "Como é que eu nunca tinha ouvido essas palavras antes? Por que ninguém tinha me avisado? Eu não sabia que era errado", eu gritava por dentro.

Era com Ângela que eu precisava falar. Ela não ia me cagüetar porque era tão culpada quanto eu. Talvez ela pudesse me ajudar a sentir menos mal. Liguei para ela e pedi que me encontrasse no pátio da escola. Fui correndo de bicicleta até lá. Assim que chegou, ela soube pelo meu olhar que eu estava perturbada.

— O que foi? — ela perguntou.

— Quero falar com você a respeito de uma coisa muito importante — eu tinha decidido botar tudo para fora rapidamente. — É sobre nós e o que temos feito. Eu descobri este artigo numa revista sobre mulheres na cadeia que fazem sexo umas com as outras. Nós vamos parar na prisão se alguém descobrir a nosso respeito.

— Calma. O que você está dizendo?

— Estamos cometendo um crime! Estamos fazendo coisas homossexuais. Garotas como nós são chamadas de lésbicas. Você já ouviu falar nisso alguma vez na sua vida? O que vamos fazer, Ângela?

Ela pensou um momento antes de me responder.

— Não vamos contar a ninguém a respeito. Mantenha segredo. Não quero que os meninos me chamem de sapatona. Temos que parar de fazer isso.

Parar não tinha me ocorrido.

— Quer que paremos? Não vamos fazer mais nada? — perguntei com uma voz magoada.

— Sim, temos que parar de fazer isso — ela disse com firmeza.

Desviei os meus olhos dos dela.

— Mas eu não quero parar. Eu amo você, Ângela. Você não me ama também?

– Ouça, teremos que ser apenas amigas, nada mais dessa história. Não podemos nos arriscar a este tipo de reputação. Teremos que fazer isso apenas com rapazes. – Sua voz endureceu. – Está tudo acabado entre nós. Vá para casa. Não conte a ninguém sobre isso.

Lágrimas brotaram dos meus olhos enquanto eu a via ir embora. Sentei-me no balanço e comecei a dar impulsos cada vez mais fortes. A raiva começou a tomar o lugar da minha tristeza. Eu não podia acreditar no que ela tinha dito. Ela queria terminar tudo entre nós? Eu não podia mais transar com ela? Eu tinha que fazer aquilo com rapazes? Não, eu não faria isso. Mesmo se eles me chamassem de nomes feios ou me pusessem na cadeia, eu não mudaria. Eu não ia fazer aquilo com rapazes, e ninguém poderia me obrigar, nem mesmo Ângela.

Uma xícara de café
Donna Tsuyuko Tanigawa

Lee-Ann e eu ainda discutimos: eu tinha planejado fazer sexo com ela no nosso primeiro encontro ou não? Ela afirma que eu a seduzi, convidando-a até o meu apartamento com o pretexto de um café.
— Você me queria, não é? – ela pergunta.
Eu tinha planejado fumar um baseado, mas nunca cheguei a fazê-lo. — Se eu tivesse planejado alguma coisa em relação a sexo – respondo, – você acha que eu teria colocado calcinhas *puka* (rasgadas)?
Lee Ann Matsumoto, minha parceira de cinco anos, fica em silêncio. Nossa famosa discussão a respeito do nosso primeiro encontro tem um pequeno intervalo.

Lee Ann e eu nos conhecemos no Grupo de Apoio às Lésbicas perto da universidade. As reuniões eram nas noites de quarta-feira na ACM. Nós tínhamos vinte e quatro anos. Eu a notei na noite em que ela irrompeu na sala com uma cara irritada. Ela estava muito brava com a menina em quem estava interessada. Lembro-me da roupa que Lee-Ann estava usando – um top preto de seda, calças pretas de lã, botas de couro pretas e um cabelo preto esculpido em gel. Ela me assustou. Fiquei curiosa.

Lee-Ann se destacava no grupo entre a maioria de universitárias *haole* (brancas) e algumas poucas asiáticas que queriam ser *haoles*, inclusive eu. Ela era lésbica, não andrógina. Ela era étnica e não *haolificada*. Recentemente tinha dado baixa do exército e demonstrava uma atitude bastante determinada.

Eu era uma lésbica iniciante de apenas alguns meses. Estava no primeiro semestre de um programa de estudos e pretendia ingressar num programa no monastério beneditino de Midwest. Estranhamente, Lee-Ann era a única pessoa do grupo que falava comigo. Ela me perguntava como tinha sido o meu dia, ainda que eu sempre respondesse "mais ou menos" a cada semana. Ela sentia pena de mim. – Você era desleixada – ela diz. Eu achava que era uma lésbica politicamente correta. Deixara crescer o pêlo nas minhas axilas para parecer *wana* (ouriço-do-mar venenoso) e os pêlos da perna para parecer uma *ogo* (alga marinha). Eu desprezava qualquer tipo de maquiagem, só para mais expor as minhas manchas *lentigo* marrons. Eu achava que era uma mulher natural. – Desleixada – ela diz.

O apelido de Lee-Ann no grupo de apoio era Ambu, abreviação de hormônio ambulante. Eu vi que ela olhava para as mulheres até os seus olhos saltarem. Felizmente eu não tinha consciência disto naquela época. Ela diz que me chamou duas vezes para sair antes de eu aceitar. – Você me perguntou se eu queria ir comer no Zippys's com um monte de outras lésbicas, aquilo não era um encontro – eu protesto. Uma vez ela me convidou para ir ao cinema. Eu rapidamente sugeri que fôssemos na sexta à noite.

Sexo era um assunto freqüente no grupo de apoio. Eu tinha lido a respeito de sexo lésbico, mas ainda não tinha visto o filme *Desert hearts* ou lido a revista *On our backs*. Eu não sabia bem o que as lésbicas faziam na cama. O beijo era uma coisa concreta para mim e a idéia de duas mulheres nuas juntas me excitava, mas eu não tinha certeza do que elas faziam lá embaixo. Como é que tudo se encaixava? Nosso encontro foi a minha primeira experiência sexual com uma mulher.

Eu estava pronta às sete da noite naquela sexta-feira. Lee-Ann estava atrasada. Ela disse que tinha entornado a água do balde enquanto fazia faxina no trabalho e tivera que arrumar a bagunça. Depois de tomar banho, ela não conseguira decidir o que vestir para o encontro. Eu me lembro da minha roupa daquela noite – calças jeans tamanho G de criança, uma camisa de listas azuis e um par de Birkenstocks. Lee-Ann estava usando uma Levi's, um pulôver cinza, uma camiseta de baixo e um par de sapatos esporte de cano alto brancos com listas pretas.

O cinema estava lotado. Nossa única alternativa foi um filme de Clint Eastwood. – O ator preferido de meu pai – eu disse aborrecida. Sugeri que dividíssemos uma Diet Coke grande e um saco de pipocas sem manteiga. "Beberemos do mesmo canudo" ela pensou. "Que sugestivo." Eu achei que era econômico.

Depois do filme fomos comer no restaurante Zippys's. Ela pediu espaguete e uma porção extra de pão de alho. Eu nunca como alho num encontro por causa do mau hálito. Pedi um hambúrguer com salada mista sem molho. Prestei atenção nas suas mãos. Seus dedos eram gorduchinhos. Ela comeu uma banana royale de sobremesa. (Para falar a verdade, ela comeu a calda quente e o sorvete e eu comi as bananas). Tomei café preto. Nos entendemos. Rimos muito. Ela queria me conhecer melhor. Eu parecia uma pessoa legal, ela diz.

Lee-Ann tinha planejado terminar o nosso encontro às onze horas. Havia um agito esperando por ela no Resposta, o único bar de mulheres em Honolulu na época. Obviamente, eu não tinha sido convidada. Eu, contudo, a convidei para uma xícara de café no meu apartamento. "Ainda é cedo", ela pensou. Eu lhe assegurei que minha companheira de casa estaria dormindo. Sentamos na minha cama e conversamos durante horas.

Fiquei sabendo que Lee-Ann tivera a sua primeira experiência sexual com uma mulher aos dezessete anos. Uma mulher mais velha. Desde então, tinha namorado muitas mulheres. Sua última relação fora com uma *haole*, uma sargenta em Kentucky. Nós duas tínhamos tido a nossa quota de namorados. Eu estava celibatária havia anos.

Conversamos a respeito de abuso sexual. Eu tinha sido violentada quando era nova. Eu lhe contei a respeito das minhas lembranças de infância que tinham surgido na terapia. Eu tinha sido internada numa clínica para tratamento mental. Ela teve medo de me tocar, mas nós rimos e dividimos segredos. Agimos como se estivéssemos numa festa de adolescentes. Já eram duas da manhã. Foi a colônia, argumenta Lee-Ann, que fez com que ela me beijasse. Não a minha, mas a dela. Disse que quando eu me curvei para cheirar o seu pescoço, dizendo: "Você tem um cheiro bom", ela quis me beijar. Foi o que fez. Mais tarde eu descobri que a minha fragrância, *The spirit of zen*, não provocara absolutamente nada nela. Agora eu uso *Shiseido feminite du bois*.

Lee-Ann e eu não fizemos sexo. Sexo com homens era somente trepar. Às vezes até sem consentimento. Lee-Ann fez os meus músculos vibrarem, minhas células se incendiarem. Eu senti o sangue correr do lóbulo das orelhas até os meus dedos do pé e diretamente para o meu ventre. Eu me senti dentro da minha pele. Tive o meu primeiro orgasmo. – Muitos orgasmos – Lee-Ann corrige. Pela primeira vez na minha vida, senti prazer com alguém tocando a minha vagina. Lee-Ann gosta de me dar prazer. Isto me dá prazer.

Nós não dormimos naquela sexta. – Eu estava muito cansada – ela diz. O seu clitóris ficou inchado. Infelizmente, ela tinha um papanicolau marcado para sábado à tarde e precisava trabalhar. Eu lhe ofereci um café da manhã, mas ela recusou. – Água de um copo não lavado e cream crackers gelados – ela mais tarde reclamou. Eu não era grande coisa na cozinha nem em compras de supermercado. Estou feliz por Lee-Ann ser a chefe da nossa cozinha.

Combinamos de nos encontrarmos naquela noite. Almocei e passei a tarde de sábado com a minha irmã. Eu lhe contei tudo, inclusive os detalhes. Nós rimos. Eu estava brilhando. Ela também achou que este primeiro encontro tinha sido uma coisa boa. Tomei banho na casa da minha irmã e às sete e meia fui de carro para a casa de Lee-Ann.

Passamos a noite no seu quarto, fechando a porta para evitar a sua mãe e a tv que berrava. Sua cama de casal acolheu os nossos corpos. Na sexta nós havíamos feito um sexo rudimentar. No sábado fizemos amor. Lee-Ann me disse que me viu em uma vida passada durante um de nossos orgasmos. Muitas horas depois tentamos sair de fininho da casa de Lee-Ann, mas a sua mãe nos flagrou e nos deu cupons de promoção do McDonald's. Nós comemos Big Macs e batatas fritas.

Não tínhamos nenhum conceito de sexo seguro. Ignorantes e inocentes, eu suponho. Felizmente, nos mantivemos monogâmicas. Mais tarde fizemos dois testes de aids, ambos com resultados negativos. Vamos regularmente ao ginecologista.

Nosso primeiro encontro ocorreu há mais de dez anos. Nós nos casamos há três anos na presença de nossos amigos e de nossa família num parque. Nossa recepção foi uma festa em que cada um trouxe um prato no nosso apartamento. Pusemos toda a mobília no quarto para a festa e ficamos exaustas demais para fazer amor no dia do nosso casamento.

Lee-Ann e eu batalhamos pela nossa relação. Ela é a minha melhor amiga e minha esposa. Para o nosso aniversário de três anos de casadas, encomendamos um arreio de couro preto. Foi caro, mas veio com uma garantia para toda a vida. Planejamos testar a garantia. – Servem perfeitamente para os nossos Élvis de silicone – digo a ela.

– Uumm.

– Uma xícara de café mais tarde?

O que poderia ter sido
Alexandra R. Waters

Christa e eu fomos amigas desde sempre. Éramos vizinhas e da mesma idade. Nossa amizade maravilhosa foi inevitável, talvez como a intimidade mais profunda que surgiu entre nós quando fizemos quatorze anos – antes de ela terminar abruptamente.

Christa aparecia freqüentemente na minha casa sem avisar. Uma noite ela chegou e abriu a porta do meu quarto sem bater na porta. Lá estava eu na frente do meu armário, nua. Eu tinha acabado de sair do banho.

– Oh, desculpe – ela disse e começou a fechar a porta.

– Não – eu disse. – Tudo bem.

Ela entrou hesitante e fechou a porta atrás de si. Ela estava olhando para mim.

– O que foi? – perguntei.

– Oh, Alex – ela disse lenta e calmamente.

– O que? – perguntei com urgência. – Você está bem?

Ela deu alguns passos até onde eu estava. Pôs as suas mãos no meu peito, prudentemente, como se estivesse com medo de alguma reação. Ficamos ali pelo que pareceu uma eternidade, eu nua e ela de jeans e camiseta regata. Nós olhamos nos olhos uma da outra. Estávamos tão próximas que ela mal teve que se mover para me beijar. Ela me beijou suavemente no começo, e então com uma paixão crescente. Suas mãos se moveram do meu peito para as costas e para os seios. Minhas mãos se enroscaram no seu cabelo. Nossos corpos se pressionaram um contra o outro. Ela beijou o meu pescoço, meus braços, os seios e o estômago. Eu podia sentir a sua respiração quente na minha pele.

Nós nunca tínhamos ficado tão próximas antes. Eu tinha fantasias a respeito de nós duas juntas, mas nunca havia ousado tomar uma atitude a respeito dos meus sentimentos por Christa. Mas agora, lá estávamos nos braços uma da outra. Um milhão de emoções me inundaram, uma se sobrepondo à outra.

Alegria, confusão, desejo, medo, amor. Amor? Sim, um amor verdadeiro, não apenas platônico ou fraterno, mas algo muito mais profundo e apaixonado. Deitamos na cama e a roupa de Christa foi rapidamente retirada. Continuamos a nos beijar por todo o corpo, cada centímetro de pele. As coisas ficaram mais intensas. Lábios, mãos e coxas se misturaram. Fazer amor com ela foi a coisa mais bonita do mundo. Até hoje nenhuma outra experiência sexual se compara ao que eu senti com Christa. Nenhuma de nós tinha tido qualquer experiência sexual antes, com homens ou com mulheres. Mesmo assim, tudo foi muito bom. Por um breve espaço de tempo fui ao paraíso. Breve demais.

Um dia depois de eu e Christa termos compartilhado tamanha intimidade, ela foi para o Canadá com a sua família. Eles tinham planejado uma viagem de um mês. Naquela manhã, quando Christa partiu, nós roubamos um beijo de adeus quando ninguém estava olhando. Nunca me esquecerei do momento em que olhei nos seus olhos. Foi aí que me dei conta do quanto a amava. E acho que ela sentia o mesmo a meu respeito.

Foi no segundo dia depois da partida de Christa e de sua família que aconteceu o acidente. Um bêbado dirigindo na interestadual colidiu contra a lateral do carro deles, empurrando-os para baixo de um caminhão na pista ao lado. O caminhão bateu com eles embaixo. O motorista bêbado não sofreu nada. O do caminhão fraturou vários ossos. O pai de Christa morreu, sua mãe ficou paralítica e seu irmão de oito anos teve ferimentos graves, mas depois se recuperou. Christa morreu.

    Eu fiquei devastada. Eu não só tinha perdido a minha melhor amiga para sempre, como também tinha perdido a minha primeira namorada. Ainda lamento por Christa até hoje, anos depois. É tão injusto que a vida tenha sido roubada dela quando era ainda tão jovem. Não é justo termos perdido o que nós duas tínhamos. E não é justo que jamais saberemos o que poderia ter acontecido.

Sapatos marrons
Rita Schiano

Aos onze anos, eu tinha um par de sapatos de cano alto de couro marrom. Eu gostava deles particularmente porque tinham um zíper grosso na frente em vez de fivelas. Eles eram muito diferentes dos sapatos de boneca pretos que a maioria das garotas usava com os seus uniformes azul marinho no Nossa Senhora da Consolação. Um dia, na escola, meu amigo Jack Palantino os chamou de "sapatões". Não entendi o que ele quis dizer com isso, mas fiquei magoada.

Eu gostava de Jack. Ele morava na casa ao lado da minha e costumávamos conversar um com o outro com os nossos walkie talkies, ele no seu quarto e eu no meu. Nos escondíamos debaixo das cobertas, abafando a nossa voz para que os nossos pais não ouvissem. Naquela noite perguntei a ele o que ele queria dizer com "sapatões". Entre os cracks da recepção de ondas curtas, ele disse:

– É uma gíria. É o mesmo que dizer lésbica, entendeu?

Eu não tinha entendido e estava embaraçada demais para perguntar. No dia seguinte, sentada nos degraus do lado de fora do Mercado de Peixes, esperando pelo ônibus da escola, perguntei à minha amiga Lucia Forone o que eram lésbicas. Ela me disse. Nunca mais usei aqueles sapatos.

* * *

No meu primeiro ano na universidade, a minha companheira de quarto, Linda, me apresentou a uma amiga de sua cidade natal que tinha passado para o segundo ano. Seu nome era Pat. Ela era diferente de todas as mulheres de minha idade que eu conhecia. Era esperta, cínica, tinha dons artísticos e gostava de criar polêmica. Ela gostava especialmente de me chocar.

Pat falava sempre de Kate, uma mulher que ela havia conhecido em Oxford nos seus tempos de caloura. Elas tinham sido namoradas. Pat contava sobre seu relacionamento com ela. Lembro que eu me mexia sem parar enquanto a ouvia, cruzando e descruzando as minhas pernas e braços, acendendo cigarros em bitucas que eu tinha acabado de apagar. Pat percebia o meu nervosismo e ria, divertindo-se com algo que percebia.

Lembro-me de voltar a pensar naqueles sapatos marrons enquanto ela falava, e nas pessoas que Lúcia havia me dito que usavam este tipo de sapatos. E o que elas faziam. O que Pat e Kate tinham feito. Não conseguia parar de pensar em Pat.

* * *

Poucos dias antes das férias semestrais, Linda me perguntou se eu podia lhe dar uma carona até a sua casa. Ela vivia em Hamilton, uma pequena cidade a caminho da minha. Eu disse que poderia levá-la e liguei para Pat oferecendo-lhe uma carona também.

Deixei Linda em casa primeiro. Uma lua cheia resplandecente flutuava no céu quando estacionei na casa de Pat. Ela abriu a porta do carro, se inclinou e então me beijou na boca. Não foi um beijo longo, mas ainda me lembro da sensação da ponta de sua língua traçando o contorno dos meus lábios. Ela riu ao pular para fora do meu carro, fechando a porta sem uma palavra. Com um olhar atônito em meu rosto, eu a vi atravessar a calçada até a porta lateral da casa de seus pais.

Acho que dirigi até Utica. Quero dizer, não tenho a menor lembrança de ter dirigido cento e vinte quilômetros. De repente lá estava eu, sentada na garagem da casa de minha mãe, o cinzeiro cheio de bitucas de cigarros. Todos os sinais indicavam que eu havia me deslocado do ponto A para o ponto B, mas tudo que eu conseguia lembrar daquelas últimas horas era a sensação da boca de Pat na minha e uma excitação entre as minhas pernas que eu jamais havia sentido antes.

Não que eu fosse virgem. Eu tinha beijado e sido beijada, agarrado e sido agarrada por muitos homens durante a minha adolescência. Eu tinha feito sexo com Rick e com Patrick, mas com eles eu nunca havia sentido nada além de desconforto e tédio. O sexo parecia ser um acontecimento mais mental do que físico. O beijo rápido de Pat na minha boca aquela noite, porém, tomara conta de toda a minha existência. Durante os dez dias restantes das férias semestrais, tudo em que eu conseguia pensar era naquele momento no carro, quando a boca de Pat tocara a minha. E como eu reagiria quando a visse novamente.

* * *

Eu me mudei para um quarto só meu no semestre seguinte. Depois que terminei de desempacotar as minhas coisas e instalar o aparelho de som e ajeitar os móveis, liguei para Pat e a convidei para vir conhecer o meu novo quarto. Quando ela atravessou a porta, quis correr para os seus braços e sentir os seus lábios novamente nos meus. Ao invés disso, Pat foi até a mesa e sentou sobre ela.

– Como foram as férias? – ela perguntou como quem não quer nada.

"Repletas de desejos por você", pensei.

– Ok – respondi. – E as suas?

Passamos algum tempo conversando sem dizer nada de significativo. Eu queria falar sobre aquele momento no carro, mas estava com medo. Eu precisava que Pat tomasse a iniciativa. "Afinal", eu pensei, "a lésbica aqui é ela".

"Ah, é?", pensei, "e você é o quê?" Eu não sabia.

* * *

A primavera chegou e os nossos pais foram convidados para um jantar formal seguido de um baile na noite de domingo. Eu estava usando um vestido de noite com corpete e mangas bufantes. O vestido de Pat era vermelho, curto como o meu. Eu também estava usando um colar de contas feito à mão que não combinava em nada com a elegância do meu vestido.

Pat tinha feito o colar para mim, um fio dental e contas multicoloridas. Quando terminara de fazê-lo, dissera:

– Vire-se para que eu possa colocá-lo no seu pescoço.

Ela então dera um nó nele. O colar ficara muito justo no meu pescoço e só podia ser retirado se eu cortasse o fio. Ela riu, sabendo muito bem que eu jamais o cortaria. Assim, eu andava usando o símbolo de seu afeto por mim. Eu não me sentia muito confortável com aquilo, mas usava.

Depois que nossos pais saíram, convidei Pat para uma xícara de chá no meu quarto. Ela me repetiu inúmeras vezes que estava bêbada e eu lhe disse o quanto estava sóbria. Ela bebericou o seu chá e eu me flagrei olhando para a sua xícara, querendo estar tão próxima de sua boca novamente. Já haviam se passado dois meses desde aquele beijo e nós não tínhamos tocado no assunto. Sentada ali, olhando para a sua xícara vazia, eu me flagrei passando os dedos pela borda, tocando a marca que ela havia deixado na xícara ao beber. Eu olhei para o rosto de Pat. Seus olhos estavam persistentemente focados nos meus, e sem pensar duas vezes estendi a mão, tomei o seu queixo entre o meu polegar e indicador e beijei os seus lábios suavemente.

Eu a levei para a minha cama, onde ficamos deitadas juntas por horas nos beijando e tocando. À medida que nossa paixão foi se tornando mais ardente, fomos tirando a nossa roupa, formando uma pilha de vestidos de noite, calcinhas de seda e sutiãs no chão. Eu não tinha muita certeza do que fazer, por isso a imitei, tocando os seus seios, beijando, chupando e lambendo os seus mamilos, explorando cuidadosamente o seu calor a sua umidade com os meus dedos.

A certa altura, Pat se retraiu.

— Como você pode estar tão calma? Eu não estava tão calma na minha primeira vez com uma mulher.

Desta vez fui eu quem riu. Eu estava exatamente onde queria estar, fazendo o que havia desejado secretamente fazer durante anos. Pela primeira vez o sexo era mais do que um exercício mental. Naquela noite com Pat, descobri a diferença entre fazer sexo e fazer amor.

Na manhã seguinte, quando encostei o meu rosto no seu seio macio, fiquei me perguntando o que teria acontecido àqueles sapatos marrons.

Namorada
Laura A. Vess

Ela sempre começa me abraçando, braços ao redor dos meus ombros, a boca pressionada contra o meu cabelo, como se precisasse se convencer de que eu sou de verdade. Posso sentir sua respiração acelerada na minha orelha, mas não consigo discernir o que ela diz quando sussurra. Seu corpo é quente, diferente, macio, sua pele doce ao paladar ao invés de salgada. Não como os homens com quem eu me enganei por mais anos do que parece possível. Por um momento eu imagino que estou a salvo aqui. Este tipo de paixão ainda é novo para mim, às vezes ainda me assusta.

Acho que vez ou outra ela fica zangada comigo quando afasto as suas mãos enquanto estamos fazendo amor, prendendo os seus pulsos para mantê-la longe. Como eu posso explicar o pânico que ainda me faz castigar aqueles que eu amo? Ela não pára de perguntar. Eu sei que ela fica magoada quando eu cubro as suas perguntas com beijos. Gostaria de poder inventar alguma razão simples para ela: um pai abusivo ou um antigo namorado, excessivos anos de sexo sem significado e incoerente – mas é mais que isto.

Ela adora o meu cabelo comprido, enchendo-o de nós com seus dedos quando esquece de ser gentil. Eu não me importo, apesar de preferir cortá-lo para nos poupar da confusão de fios suados que atrapalham os nossos beijos. Mas eu sentiria falta dos seus olhos seguindo o vermelho dos meus cabelos quando encosto o meu rosto quente em seu estômago trêmulo e reconfortante.

Eu amo as pontas de seus dedos calejados de tocar violão e a rouquidão escura de sua voz depois que ela fuma. Ela sempre me diz: "Não me deixe pegar mais um desses" meio rindo, enquanto briga com um isqueiro à prova de crianças, "tenho que cantar amanhã". Eu sorrio quando ela finalmente consegue uma chama grande o suficiente para acender o cigarro. Sei que ela me pedirá outro daqui a cinco minutos e eu o darei.

* * *

Nós sempre ficávamos tempo demais no carro depois de sairmos – o silêncio entre nós ficava pesado demais, até eu finalmente arranjar alguma desculpa para ir embora. Eu dirigia confusa, lembrando-me do seu rosto e adicionando mais bitucas de cigarros fumados um após o outro à bagunça reinante no meu velho Buick. Eu não sabia o que estava sentindo; uma paixão, uma necessidade que eu não entendia. Achava aquilo tudo bastante inocente, mas então por que é que sempre me afastava quando ela me tocava? O que era esta necessidade e este medo que me perturbavam ao toque da sua mão na minha? Chegou a noite em que ela me pediu para ficar, para ver um filme. Não me lembro qual era. Eu não conseguia parar de olhar para a curva de seu pescoço enquanto estávamos sentadas em lados opostos do sofá. Eu não conseguia olhá-la nos olhos. Queria tirar o seu cabelo do rosto, descobrir a maciez de seus ombros. Eu não podia fazer outra coisa senão fechar os meus olhos, inalando o seu cheiro doce, imaginando como a sua pele seria lisa ao contato das minhas mãos. Eu me sentia indefesa, pega numa armadilha; eu sabia que a desejava, mas como é que eu podia expressar algo que eu nunca havia sentido antes?

Eu baixei a minha cabeça, deixando meu cabelo comprido cair para esconder o meu rosto, fingindo ver o filme. Tentei me perder no som da tv e no barulho do ar condicionado. Ela me perguntou se eu queria alguma coisa, sua pergunta parecendo conter um significado mais profundo. Não me lembro se respondi. Ela saiu por um momento e voltou com uma cerveja já pela metade. Olhou nervosamente para mim enquanto sentava de novo, um pouco mais perto desta vez, nossas pernas quase se tocando. Fui capturada pela pureza de suas mãos – seus dedos longos, finos, tão perto dos meus. Ela pigarreou, me surpreendendo, e se levantou novamente para pegar outra cerveja. Havia uma ansiedade no seu corpo quando voltou. Fiquei me perguntando do que ela estava com medo. Ela sentou-se mais perto de mim, agora nossos ombros se tocavam. Eu sabia que ela estava vendo as minhas mãos crispadas, eu sentia a minha respiração, rápida demais, ao seu lado. Fechei os olhos e ela suspirou levemente. Senti o calor de sua respiração quando ela deitou a cabeça no meu peito. Pude senti-la tremer suavemente quando estendi o braço e o apoiei nela – sem ousar pensar no que eu estava fazendo. Havia uma urgência, uma necessidade na mão que se estendia para mim, à qual eu não podia resistir ou negar. Mergulhei nela com os olhos ainda fechados. Sua boca era muito macia no meu pescoço. Eu me perdi no ritmo das batidas do seu coração. Eu não podia escapar.

    Mais tarde, deitadas na cama, viradas de costas uma para a outra, ela me perguntou baixinho:

– Você alguma vez pensou que isso podia acontecer?

Eu não tinha certeza do que responder, não queria afastá-la, mas ainda não estava pronta para deixá-la invadir a minha vulnerabilidade. Respondi num tom um pouco banal demais:

– Não, eu não penso nas coisas, eu só ajo.

Era a coisa errada para dizer. Eu a senti tocando a minha mão lentamente, como se quisesse que eu a tomasse, mas não pude reagir, ainda que quisesse pegá-la em meus braços e pressioná-la contra mim. Meu coração estava tentando desesperadamente se fechar mais uma vez, e eu estava deixando. Depois de um momento, ela suspirou baixinho e se virou. Eu não me permiti chorar. Ela tinha bebido um pouco além da conta e eu estava sozinha, e afinal de contas nós não tínhamos feito nada além de nos beijar.

Fui embora na manhã seguinte sem falar com ela, sem beijá-la enquanto ela dormia. Foi uma coisa dolorida para se fazer e sempre vou me arrepender de tê-la deixado desse jeito. Achei que ela era forte, que coisas assim aconteciam com ela ao tempo todo. Nunca me ocorreu que ela pudesse realmente se importar comigo, ou que eu pudesse sentir aquela estranha necessidade que sentia cada vez que ficava perto dela.

* * *

Passamos quatro meses em silêncio depois daquele primeiro beijo, enquanto eu usava um amigo nosso como receptáculo das minhas emoções e ela também o usava para confessar os seus sentimentos a meu respeito, apesar de nunca ter contado a ele que tínhamos nos beijado e ele continuar dizendo a ela que eu era hetero. Nós não tínhamos idéia dos sentimentos uma da outra. Ela achou que eu só estava experimentando. Eu achei que ela só estava sozinha e bêbada. Eu continuei indo aos seus shows, seguindo-a nos bares, indo com ela para casa de carro depois de vermos filmes na sua sala. Ficávamos sentadas, tomando cuidado para não nos tocarmos, ambas querendo e não querendo que a outra descobrisse seus segredos. Ela continuou alugando filmes com namoradas lésbicas que acabavam matando outras pessoas ou se suicidando. Eu me perguntava se aquilo era algum tipo de dica desesperada.

* * *

Eu estava bêbada, usando batom demais e roupa de menos. Ela estava tocando num bar de lésbicas e naquela noite eu decidi que ia lhe dizer o que sentia por ela. Estava cansada do silêncio. Bebi muito porque aquele era o único jeito de eu conseguir dizer tudo o que queria. Ela terminou a sua primeira parte e veio até a minha mesa para tomar uma bebida. Agarrei a sua mão por baixo da mesa, sentindo o seu calor e umidade devido às luzes do palco. Murmurei algumas desculpas fajutas para os nossos amigos e a levei até o banheiro. Eu a beijei com toda a paixão que nunca tinha me permitido, todo o desejo e a frustração de ter estado perto dela aquele tempo todo sem nunca a ter tocado. Finalmente ela se afastou, enterrando o rosto no meu pescoço, enquanto algo como um choro a fazia soluçar levemente.

Ela me perguntou, sabendo que podia tirar vantagem de mim:

– Você ficará comigo pelo resto da vida?

Aquilo não me pareceu absurdo, uma vez que nós já sabíamos deste desejo desde o dia do nosso primeiro beijo. Eu respondi da única maneira possível:

– Sim.

* * *

Nenhuma de nós lembra se fizemos amor naquela noite depois do nosso segundo beijo, mas por algum motivo isso parece não ter importância. Eu me lembro de que, quando fizemos amor, ela foi gentil, lenta e paciente. Eu dormi depois como nunca mais tinha dormido desde criança, a salvo, e talvez até feliz.

Ela ainda tem medo de mim. Ainda acha que um belo dia eu vou recuperar a lucidez e voltar para os homens. Sempre digo a ela que gosto de ela ser uma mulher, que seus beijos são os melhores que eu já provei e os seus seios são lindos. Tal idéia nunca passou pela minha cabeça. Este é um relacionamento, o gênero é irrelevante. Não me autodenomino homo, hetero ou bissexual. Quero quem eu quero. Não tenho controle sobre isso, e o que eu quero é ela. Ambas tememos o abandono, e talvez seja isto que acabará nos mantendo juntas.

Temo nunca ser capaz de saciá-la. É difícil competir com os fantasmas que nos rodeiam. Mas agora eu conheço o amor. O amor é o doce sabor de sua boca e o modo como ela me pressiona contra o seu corpo depois que fazemos amor. Em algum lugar, em algum momento, nós dissemos "para sempre".

São palavras que ainda parecem inacreditáveis, irreais. Algo usado nos contos de fadas e entalhado nas árvores por namoradinhos adolescentes. Talvez algum dia seja fácil acreditar nisso, mas por enquanto eu me deitarei ao seu lado e a ouvirei respirar suavemente no meu cabelo.

Garotas beijoqueiras
Karen Friedland

Outras garotinhas podem ter brincado de médico com algum garoto depravado das vizinhanças. Eu não. Por acaso ou por destino, eu só brincava com outras garotas.

Primeiro foi a Fitzpatrick. Eu tinha sete anos e ela seis. Ambas falávamos inglês, éramos crianças cujos pais estavam a serviço na Iugoslávia na década de 70. Na verdade, eu nem conhecia a garota tão bem – o fato de ela ter um ano a menos do que eu fazia toda a diferença, ao que parecia. Mas ela ficou na minha casa até mais tarde certa vez e nós ficamos sozinhas. Antes que eu pudesse me dar conta e sem nenhuma premeditação de minha parte, eu estava descrevendo para ela, nos mínimos detalhes, um filme pornográfico que os meninos da vizinhança tinham alegremente descrito para mim antes. Os meninos mais velhos cujos pais trabalhavam no corpo diplomático gostavam de contar as cenas dos filmes pornográficos a que haviam assistido em segredo (enfeitando-as, sem dúvida) para as garotinhas facilmente excitáveis da escola, e nós, por nossa vez, engolíamos a sua versão. E não é que eu estava usando todo este meu conhecimento na minha primeira cena de sedução pré-puberdade? Obrigada, rapazes.

O filme envolvia uma mulher de seios grandes, naturalmente. Ela trabalhava numa loja, um freguês maltrapilho entrava e pedia a ela várias coisas fora de alcance, obrigando-a a subir nas escadas ou se curvar por baixo do balcão. É claro que a mulher estava usando um vestido ridiculamente curto e decotado, de modo que cada vez que ia pegar alguma coisa, seus peitos ou sua bunda apareciam. Isto excitava o freguês a ponto de ele pedir para ver os seus seios. Eu me lembro até hoje da frase que ele usava: "Posso, por favor, ver os seus peitos?" A mulher devia estar excitada também, porque respirava com dificuldade e eles acabavam fazendo sexo no balcão da loja.

Sem que eu me desse conta, Fitzpatrick e eu estávamos representando o filme. Ela era a mulher de seios grandes e eu o velho homem sem vergonha. Acho que fizemos assim porque eu era um ano mais velha e queria ficar por cima. Ou talvez tenha sido a lésbica mirim dentro de mim atuando pela primeira vez. Quem sabe? De qualquer modo, pedi que ela se curvasse para que eu pudesse dar uma boa olhada nos seus peitos. Usei a frase: "Posso, por favor, ver os seus peitos?" Aquilo me excitou imensamente. Pedi a ela que tirasse a roupa, uma peça de cada vez. Eu também tirei a minha, como o velho sem vergonha que era. Então montei em cima do seu corpo liso e magrinho de garota e nos esfregamos como pequenos peixes escorregadios. Fingi que estávamos no balcão da loja empoeirada. Imaginei que éramos os personagem do filme, não duas garotinhas sem pêlos. Eu a vi como uma voluptuosa loira peituda e a beijei e acariciei de acordo, me jogando contra ela e me roçando nela. Foi muito, muito bom, embora eu não estivesse certa de como e nem porquê.

Muitos anos se passaram sem mais ação. Voltei para os EUA, subúrbio de Maryland. Eu freqüentava uma escola elementar que parecia uma prisão com tijolos aparentes. Lá, fiz amizade com muitas garotas legais e uma biba precoce que andava na ponta dos pés. D. era a minha melhor amiga na sexta série. Ela era gorduchinha, loura e já cheia de curvas. Passamos várias noites na casa uma da outra. Víamos muita tv, especialmente na casa dela. Uma vez eu a fiz rir tanto que o leite que ela estava tomando acabou saindo pelo seu nariz. Houve também uma outra vez em que ficamos juntas.

Tudo começou com as aquarelas. Ambas tínhamos aptidões artísticas, de modo que numa determinada tarde de verão estávamos pintando na minha casa, mais precisamente no meu quarto. De repente, sem nenhuma razão especial, decidimos ficar nuas e pintar uma à outra ao invés do papel. Felizmente os meus pais não vieram ver o que estávamos fazendo. Passamos horas fazendo o que, hoje compreendo, era uma grande preparação, acariciando o corpo juvenil uma da outra com pinceladas extremamente excitantes. Eu mergulhei o meu pincel artisticamente na aquarela e tomei um cuidado especial para marcar os bicos macios e em desenvolvimento de D. com belas cores e fazer vários círculos e espirais ao redor do seu monte de Vênus, onde já despontavam um ou dois fios. Esfreguei a ponta do pincel bem no meio dos lábios vaginais cor de rosa de D., que se deliciou. Eu adorava como ela se retorcia quando eu fazia isso. Adorava poder vê-la nua e excitada, em toda a sua glória, minha melhor amiga. Ela também me pintou, e me lembro de me sentir feliz, estranha, suave e extremamente feliz. Aquela era uma aventura artística, com certeza, e eu não tinha uma consciência total da umidade que surgia entre as minhas pernas. Minha cabeça girava. Nos alternamos pintando uma à outra artística e cuidadosamente – passando o pincel molhado por todas as curvas e fissuras de nossos corpos. Isso durou horas. Foi como se drogar, apesar de eu nunca ter feito isso. Na manhã seguinte ficamos com vergonha da história toda e nunca mais falamos ou fizemos aquilo novamente.

Finalmente houve K., na oitava série, quando eu estava novamente no exterior. Ela era uma garota forte que fumava cigarros e parecia mais velha do que eu, mas não era. Fiquei na sua casa para passar a noite, tudo muito inocente. Como os pais pareciam saber pouco a respeito do que se passava!

K. e eu nunca fomos realmente amigas muito próximas, mas freqüentávamos o parque e fumávamos cigarros sob os arbustos juntas. Certo dia um executivo suíço viu a fumaça saindo das moitas e riu quando as afastou e nos viu ali. K. fazia parte da turma da pesada, por isso eu achei bom qualquer interesse de sua parte. Nossos pais eram amigos, o que era provavelmente a verdadeira razão de eu estar dormindo na casa dela naquela noite em particular.

Era uma casa grande, mas os pais de K. nos puseram na mesma cama. Eu estava me sentindo um pouco desajeitada porque não tinha trazido roupa para dormir e estava só de camiseta e calcinhas. K. estava usando uma camisetona de futebol de jérsei super legal. Ela era muito mais charmosa do que eu. O que fazer agora que nós – duas garotas de doze anos, completamente despertas – estávamos enfiadas na cama? Era K. quem estava no comando, obviamente, portanto ela assumiu a liderança. Começou a me contar histórias sobre o que os rapazes e as moças do ensino médio faziam no parque atrás da sua casa. Ela estava tentando chocar a garotinha aparentemente inocente que eu era. Continuei jogando, fingindo estar desconcertada pelas suas histórias de passadas de mão, beijos de língua, dedos, chupadas e trepadas.

Depois de ela contar todas as histórias, o que havia a fazer além de interpretá-las? Não consigo me lembrar exatamente onde e como aconteceu, mas logo K. estava me beijando e eu a ela para demonstrar como aqueles rapazes e moças se beijavam no parque, depois ela estava brincando com os meus minúsculos seios. Eu brinquei com os seus maiores, igualzinho ao que eles faziam no parque. Então suas mãos foram para o meio das minhas pernas, brincando tentadoramente com a minha boceta virgem. Eu estava toda melada e envergonhada de estar assim pegajosa, afinal ela estava só demonstrando, não estava? Sem saber para onde seguir a partir dali, K. e eu fingimos dormir. Dormi com as calcinhas molhadas a noite inteira e não falamos sobre isso na manhã seguinte.

Este é um resumo das minhas primeiras vezes. Esqueci de mencionar a incrível festa do pijama da terceira série, onde garotas iradas, trocando acusações violentamente, se dividiram em dois campos diferentes e finalmente resolveram as suas divergências obrigando um grupo (o meu) a dançar nu com flores pintadas em suas barrigas pelas outras garotas. Lembro-me de uma mãe horrorizada entrando no quarto às três da manhã gritando: "O que vocês estão fazendo, pelo amor de Deus?" bem na hora que as garotas nuas estavam começando o hula-hula.

Ok. Essa foi a minha infância. Nenhum pênis à vista. Uma bela iniciação, pode-se dizer. Contudo, devido à forte pressão cultural, eu comecei a sair com rapazes aos dezessete anos e não caí nos doces e macios braços de uma mulher novamente até os meus vinte e quatro anos. Mas esta já é uma outra história.

Casablanca
Vicky Wagner

Nuvens esparsas de incenso flutuavam pela sala enquanto Paul McCartney entoava as palavras inicias da nova música dos Beatles, *Hey Jude*. Sentada ao lado de Delores, olhando para seus infinitos olhos violeta, eu me sentia como se a minha própria essência estivesse sendo sugada por aquelas jóias cativantes. Um novo sentimento penetrou na sala e nos assombrou, como um fantasma exercitando seus poderes mágicos. Estávamos entrando numa tempestade de fogo e energia que teríamos que atravessar juntas.

Delores e eu tínhamos nos conhecido no verão de 1964. Ela tinha acabado de fazer quatorze anos e eu faria em agosto. Ela estava visitando Janet, minha amiga e vizinha. Suas famílias tinham sido amigas desde a época da faculdade. Era comum Delores vir passar uma ou duas semanas com eles. Lorey, como eu passei a chamá-la, vivia em outro distrito – Joppa, Maryland – portanto, quando ela voltava para casa, eu ficava sem vê-la durante um bom tempo. Foi na noite antes de ela voltar para casa que ganhei o meu primeiro beijo.

O sol já tinha se posto e estávamos na calçada que separava a minha casa da de Janet. Eu caminhava bem atrás dela, achando que nos despediríamos no portão da frente. Sem avisar, Lorey se virou e parou. Ela veio até mim e pressionou todo o seu corpo desenvolvido contra as minhas formas mais magras e masculinas.

Quando colou os seus lábios nos meus, pude sentir o meu pulso alcançar velocidade máxima. Depois de um breve momento, Lorey se afastou de mim, sorriu afetuosamente e correu silenciosamente para a casa de Janet. Eu me dei conta de que tinha parado de respirar e fui correndo para casa para ficar a sós e pensar.

Durante os anos seguintes, eu e Lorey desenvolvemos uma ligação muito especial. Éramos muito afetuosas uma com a outra. Lorey tocava sempre os meus braços, costas e pescoço. O tempo que nós passávamos juntas era quente e aveludado. Ela me mantinha longe dos seus outros amigos. Com a minha discreta habilidade de investigadora, porém, descobri que Lorey também era uma noviça, uma solitária na sua escola.

Numa noite de sexta-feira de setembro de 1968, adivinhe quem estava em casa sozinha? Eu estava passando um fim de semana na casa de Lorey e seus pais, que tinham acabado de se mudar da cidade. Eles tinham se afeiçoado a mim como uma segunda filha. Terminamos de jantar no enorme sofá da sala ouvindo rádio e experimentando alguns dos vinhos dos pais de Lorey.

Quando eu estava no meu segundo copo, Lorey me flagrou acariciando o seu corpo com os olhos. Aos dezessete anos ela tinha se transformado numa deusa de cabelos cor de ébano que estava agora me lançando no ardente buraco do conflito interno que é a adolescência. Com meus próprios desejos opostos à norma, eu era só confusão e desolação.

A meio caminho de voltar a encher o meu copo, Lorey parou. Ela colocou a garrafa na mesa e se virou, olhando-me diretamente nos olhos como havia feito naquele dia quatro anos antes. tocando o meu rosto levemente com a mão, ela se curvou e me beijou profundamente.

Quando o beijo terminou, ela se afastou e me olhou procurando uma resposta ou um enigma. Satisfeita com o que encontrou, Lorey voltou a pressionar sua boca contra a minha e nos perdemos na paixão do desejo adolescente.

Nem pensamos em deixar o sofá para irmos até a sua cama vazia. Isto poderia ter destruído a aura do momento. Aquele era o nosso templo e estávamos em frente ao altar, consagrando a nossa alegria.

No momento em que vi Lorey nua, soube que tudo tinha mudado. A imagem ficou gravada na minha memória para sempre. Seus olhos, seu cabelo, a opulência de seus seios, os bicos proeminentes e escuros explodindo como cerejas maduras. Quando nos deitamos no sofá, Lorey me levou ao orgasmo com a sua língua. Eu mergulhei numa verdadeira onda de satisfação emocional ao lhe dar prazer de volta, que se equiparou à minha satisfação física. Isto apesar da nossa desajeitada inexperiência. Repetimos a sessão na noite seguinte. Desta vez ficamos mais ousadas do que na primeira noite. Conversamos um pouco a respeito de nossos sentimentos e descobrimos que nós duas tínhamos sonhado com a mesma coisa desde aquele primeiro encontro ao lado do portão de Janet. A realidade foi como a explosão de um dique. Nenhuma de nós esperava tal calor e amor. Fui para casa alheia a todos os perigos e voltei às minhas atividades escolares, trabalho de casa, música e televisão. Então, no meio da semana, liguei para Lorey para compartilhar uma fofoca particularmente interessante com ela. Por que não? Estávamos namorando, certo? Ou alguma coisa parecida.

A mãe de Lorey atendeu. Ela me disse que Lorey não podia atender. Recebi uma resposta negativa quando lhe perguntei se ela podia pedir a Lorey que me ligasse mais tarde. Para falar a verdade, ela me disse que seria melhor eu não ligar mais. Chocada, tentei perguntar por que, mas ela, em lágrimas, desligou o telefone.

Na mesma semana Janet me disse que seus pais não queriam mais vê-la andando comigo. Fiquei destruída.

Dois anos mais tarde vi Lorey saindo do Pantry Pride, onde eu trabalhava, com um homem e um carrinho cheio de guloseimas. O homem era seu marido. Eu a tinha perdido e precisava me conformar. Um ano depois me meti numa fraude de casamento que durou doze anos, sempre imaginando se as coisas poderiam ter sido diferentes caso os pais de Lorey tivessem aceitado a nossa natureza. Talvez tivessem me poupado doze anos da minha vida e muitas horas de dor.

Mas há as memórias.

Lembre-se, Lorey, nós sempre teremos Joppa.

O charme está na terceira vez
Cynthia Benton

A maioria das minhas amigas lésbicas me conta que quando beijou uma mulher pela primeira vez na vida tudo passou a fazer sentido. Elas finalmente se reconheceram, descobriram quem realmente eram naquele instante esplêndido. Eu gostaria que tivesse sido assim comigo. Na primeira vez em que beijei uma mulher, não fiquei nada excitada. Eu me senti nauseada. Eu a tirei do meu apartamento o mais rápido possível e então escovei os dentes até as minhas gengivas sangrarem. Estava tão fortemente influenciada a pensar que a homossexualidade era uma coisa errada que não fui capaz de sentir qualquer coisa além de repulsa por mim mesma. Precisei de semanas até conseguir admitir que sob toda a aversão eu sentira as primeiras manifestações de desejo, e demorei ainda mais antes de querer tentar novamente.

Felizmente, acabei tentando uma segunda vez. Desta vez eu me senti destacada de tudo, como se estivesse me observando de longe. Eu pensei: "Uau, essa sou eu realmente beijando uma garota."

Foi só na terceira vez em que beijei uma garota que fui capaz de relaxar e aproveitar a experiência. Foi indescritivelmente maravilhoso. Quando nossos lábios se tocaram pela primeira vez, senti a vitalidade da paixão percorrer todo o meu corpo, e quando nossas línguas se encontraram, entendi a respeito de beijos como nunca tinha aprendido durante todos os anos em que havia beijando rapazes. Usei a minha língua para provocá-la, para mostrar a ela o que eu queria fazer com seu corpo. Serpenteei minha língua contra a ponta da sua, e a rodei em círculos sensuais em torno da sua boca. Chupei o seu lábio superior gentilmente. Eu a queria. Eu realmente a queria. Estava surpresa e deliciada pelo meu desejo. Eu sempre tinha sido passiva nos meus relacionamentos com rapazes. Eu me deitava de costas e deixava que eles fizessem o que quisessem, sentindo-me quase violentada, como se eu não estivesse de posse do meu próprio corpo. Agora que eu estava com uma mulher e era uma participante ativa e de boa vontade, todo um futuro se abriu à minha frente com promessas de alegria que não tinham existido antes.

Não fizemos nada além de nos beijar naquela noite. Para falar a verdade, nós só fizemos sexo dois meses depois. Em todos os outros aspectos, contudo, o nosso relacionamento progrediu muito rapidamente. Desde o início, passávamos cada minuto livre juntas – andando de bicicleta, patinando, cozinhando, ou fazendo qualquer outra coisa. Nós sempre ríamos sem parar. Mais importante, quando nos tocávamos eu sentia o desejo correr pelo meu corpo todo e percebia o seu desejo pelo modo como a sua respiração se alterava.

Olhando para trás, é difícil explicar por que nós esperamos tanto para fazer sexo. A razão estava em parte no fato de que nenhuma de nós tinha tido um relacionamento homossexual antes, e precisávamos de tempo para lidar com todos os aspectos referentes àquilo. Nós também fomos cuidadosas por causa de nossas experiências ruins anteriores com homens. Contudo, apesar de todas as boas razões para esperar, logo fiquei frustrada.

Uma noite, enquanto lavava a louça, decidi que era finalmente a hora de trazer o assunto sexo à tona. Enfiei as minhas mãos na espuma e me obriguei a cuspir a pergunta antes que tivesse tempo de reconsiderar.

— Quando você acha que vai estar pronta para fazer sexo? — perguntei.

Ela começou a rir nervosamente e eu senti o meu rosto ficar todo vermelho.

— Eu só estava pensando no assunto — murmurei enquanto mergulhava os nossos pratos na água.

— Estou pronta agora — ela disse e enrubesceu também.

— Oh, meu Deus — eu falei, imediatamente percebendo o quanto aquilo tinha soado idiota.

O silêncio entre nós tornou-se ainda mais constrangedor, então decidi largar a louça e começar a agir. Eu a tomei nos braços e beijei.

— Vamos tomar um banho juntas — sussurrei, pegando a sua mão e levando-a até o banheiro.

Fiquei entre ela e a água corrente e a beijei. Eu a segurei contra o meu corpo o mais próximo que pude, sentindo a eletricidade de nossos corpos nus se tocando, deixando o desejo crescer ainda mais. Então eu me curvei sobre os seus seios e mamei em cada um deles lentamente, antes de me ajoelhar. Pus minhas mãos nas suas coxas e serpenteei minha língua pelo seu clitóris. Eu o tomei suavemente entre os meus lábios e o chupei. Ela se apoiou na parede do banheiro, abriu as pernas para mim e eu corri a minha língua por toda a sua vagina em longos movimentos antes de voltar aos seios, sua boca, e então aos seus seios novamente e de volta lá embaixo. Eu senti a água quente batendo o tempo todo nas minhas costas e o vapor se avolumando ao nosso redor em densas nuvens. Finalmente ela jogou a cabeça para trás e gozou em longos tremores, e eu a tomei nos braços e segurei. Aí nós fomos para o quarto.

Um raio de sol chamado Rosaria
Elena Sherman

Eu estava tomando café sozinha no restaurante de tábuas brancas na esquina do meu hotel, como vinha fazendo havia várias manhãs, quando me surpreendi ouvindo alguém perguntar, num espanhol bastante simples, se eu me importava em ter companhia.

Quando percebi que ela estava se referindo a mim, disse: "Sim, por favor" e inventei um monte de sinais afirmativos na hora. Ela sentou-se na minha frente. Usava um vestido de verão branco estampado com pares de cerejas brilhantes e folhas verdes no alto. Seu cabelo longo quase preto caía em curva ao redor dos seios e seus olhos grandes e escuros insinuavam um sorriso. Sua pele era cor de canela.

– Meu nome é Rosaria – disse ela, olhando inquisidoramente para mim.

– E o meu é Elena.

Ela me disse que morava num apartamento em cima do restaurante e que tinha dezessete anos.

Torcendo para que ela entendesse o meu espanhol limitado, eu lhe disse que morava em Chicago, mas que ia passar as próximas seis semanas no El Gran Hotel Texas. Eu tinha quatorze anos. Ela me perguntou onde estavam os meus pais e por que eu estava na Cidade do México. Os proprietários do restaurante e os fregueses costumeiros do local pararam o que estavam fazendo para ouvir a minha resposta. Eu sabia que eles estavam se perguntando por que uma garotinha estaria comendo lá desacompanhada. Com todos ouvindo atentamente, expliquei que meus pais tinham ficado comigo por duas semanas, mas que haviam partido para voltar ao trabalho. O gerente e a equipe do hotel conheciam os estudantes com quem eu me encontrava à noite e sempre checavam se nas festas às quais eu ia tinha alguém responsável. Tranqüilizados, todos voltaram a comer.

Rosaria sentou-se sorrindo e bebericando uma xícara de *cafe con leche*. Eu fiquei sentada ali com o meu coração disparado, lançando olhares furtivos à bela menina à minha frente. Remexi na comida sobre o prato, tentando pensar em alguma coisa para dizer. Qualquer coisa. Tudo o que eu conseguia pensar era: "A que horas parte o trem?" e "Eu te amo". Nenhuma das duas parecia apropriada.

– Se já terminou de comer, gostaria de ir comigo até o meu apartamento? – Rosaria perguntou.

Não sei como eu consegui arquitetar uma resposta.

Sentamos na cama, seu único móvel. O apartamento de um quarto tinha uma cozinha mínima em um dos cantos e uma janela gigantesca. O banheiro ficava no corredor e era compartilhado por todos os moradores do andar.

Ela me contou sobre os seus pais, fazendeiros, a muitas horas de distância ao sul da Cidade do México. Contei a ela sobre Chicago e a neve. Ela então me disse que tinha que ir embora, mas que talvez nós nos encontrássemos no restaurante na manhã seguinte. Fui embora inebriada.

No terceiro dia nós fomos para o seu apartamento depois do café da manhã. Os raios de sol nos alcançavam na cama. Ela estava brincando de pedra, papel ou tesoura, quando estendeu a mão e tocou meus cabelos. Riu ao sentir o meu cabelo escuro e fino como o de um bebê e soltou o seu para que eu sentisse a diferença. Seu cabelo era quente e grosso, como um veludo de chocolate. Ela fez um gesto para que eu me aproximasse e jogou o seu cabelo sobre os meus ombros.

Com o sol dançando ao nosso redor, ela lentamente me beijou. Então, depois de um flash de "o que eu faço agora?" eu estava em seus braços. Ela me disse que tinha feito isso com as suas primas várias vezes. Eu falei que nunca havia feito nada parecido.

– Vou mostrar – ela murmurou e começou a desabotoar a minha blusa.

Seus dedos deixaram trilhas quentes pelo meu corpo e seus beijos suaves transformaram meu corpo numa massa liqüefeita.

– Já conhece a "pequena morte"? – ela me perguntou suavemente, enquanto movia a sua mão entre as minhas pernas.

Explodi em milhões de fragmentos, girando pelo ar entre os raios de sol.

Relutantemente, voltei, lágrimas correndo pelo meu rosto, com Rosaria me abraçando apertado.

Ela me mostrou do que gostava e me ajudou a aprender. Eu era tímida e não tinha certeza de que era capaz de fazer o que ela queria, mas logo descobri um ritmo e me entreguei a ele. Rosaria gemeu e então gritou. Eu me sentei para trás, inebriada pela mágica e maravilhada por satisfazer outra mulher.

Fazíamos amor e conversávamos todas as manhãs. O meu espanhol melhorou, assim como o meu modo de fazer amor. Escrevi uma carta para ela enviar para a sua família. Nós nos divertíamos em inventar a grafia das palavras, já que nenhuma de nós sabia bem espanhol. Duas semanas depois recebemos uma resposta. O padre tinha lido a carta e escrito para a família. Eu a li em voz alta, inventando a pronúncia quando não entendia as palavras. Rolávamos na cama iluminadas pelos raios de sol, gargalhando ao tentar imaginar o que é que tínhamos dito.

Rosaria e eu conversávamos muito. Falávamos a respeito de como seria se vivêssemos abertamente juntas e o motivo pelo qual os homens acreditavam que eram os únicos capazes de dar prazer a uma mulher. Ela não falava com freqüência sobre os homens que a sustentavam, só queria juntar bastante dinheiro para que suas irmãs se casassem e ficassem no país. Eu ensinei a ela algumas palavras específicas em inglês para entrevistas de trabalho.

As minhas seis semanas chegaram ao fim e nós fizemos amor, sem falar muito. Ficávamos deitadas na cama com os raios de sol batendo sobre os nossos corpos, pensando em alguma maneira de continuar mantendo contato sem, no entanto, conseguir encontrar uma resposta. A quem ela poderia pedir para ler as cartas? E como pedir para escrever cartas de amor para outra mulher?

Dei a ela um crucifixo de que tinha gostado no mercado. Ela queria pendurá-lo sobre a sua cama para se proteger. Ela me deu um par de calcinhas macias e brilhantes com as cores do arco íris. Elas me fazem lembrar de como Rosaria e eu e os raios de sol fizemos amor no verão de 1956.

Ressurgindo das cinzas
Rhonda Mundhenk

Naquela manhã acordei sobressaltada. O sol se elevava às alturas no céu e sua luz brilhante invadia as frestas da minha persiana. Os raios atingiram os nossos corpos como flechas penetrantes enquanto espalhavam calor pelos contornos dos seus seios, quadris e bunda. "Então era esta a sensação da famosa manhã seguinte", eu pensei. Eu estava grata por você ainda não ter acordado. Eu precisava desta manhã seguinte. Precisava meditar sobre tudo o que tinha acontecido.

O ano era 1990, dois anos depois do fogo de Painted Cave ameaçar destruir o litoral de Santa Bárbara. O fogo era a matéria-prima de muitas lendas. Durante o sermão, o padre do campus contou mais uma vez como foi que o grande fogo tinha se alastrado pelos canyons da costa, alcançando os portões da nossa faculdade. Lá "guerreiros cristãos corajosos tinham batalhado contra o emissário de Satã", rezando para que o inferno se retirasse. O campus ficara a salvo.

– Glória a Jesus por não ter esquecido de seus servos – entoou o padre Bart na sua melhor voz pastoral. – Alguma pergunta sobre este assunto?

Eu ergui a mão.

– Rhonda?

– Você não acha que a equipe de bombeiros também merece algum crédito?

Daquele momento em diante, todo mundo no campus ficou convencido de que eu iria direto para o inferno. Por acreditarem que eu era uma ovelha desgarrada do rebanho, todos tomaram para si a incumbência de se lembrar de mim em suas preces. Você era a única caloura atéia além de mim que se atrevia a questionar as secretas fantasias do padre Bart sobre o batalhão de soldados cristãos que lutavam por suas vidas enquanto um muro de fogo lambia os seus calcanhares. Nossa amizade nasceu da adversidade. Apesar de todo o companheirismo que crescia entre nós duas, freqüentemente nos perguntávamos por que nos sentíamos tão sozinhas.

Passávamos as nossas horas livres fora do campus, assumindo a missão de procurar lugares secretos onde os filhos de Deus não pudessem nos achar. Tarde da noite fugíamos para o o campo e nos deitávamos lado a lado sob as estrelas. O sereno ensopava as nossas camisetas e as colava na pele. Estas aventuras noturnas traziam alívio para a umidade quente do verão. Quando não agüentávamos mais, tirávamos as roupas, exaltando a nossa ousadia, e deitávamos sobre a grama que acariciava as nossas coxas, roçando afetuosamente entre as nossas pernas.

Lembro-me de você certa vez, translúcida sob a luz da lua. Quando se ergueu da grama, uma gota de orvalho instalada na sua nuca foi forçada pela gravidade a deslizar ao longo do seu corpo. Fiquei deitada imóvel enquanto a via correr pelo vale dos seus seios, indo para o chão. Ela chegou ao vale do seu estômago, atraindo o meu olhar para a protuberância no encontro das suas coxas. Sem hesitação, a gota de brilho fraco se aninhou espertamente em alguma passagem escondida e se perdeu de vista. Tive dificuldade para dormir aquela noite. Meu corpo queimava como se tivesse sido tomado por uma febre, e eu ansiava pela umidade do orvalho.

No dia em que tudo aconteceu, o cheiro de verão era intenso – o doce cheiro de grama e das flores silvestres, combinados com o pungente odor de madeira e folhagem. Passeamos o dia todo, e foi só perto do crepúsculo que percebemos que era preciso começar a voltar para o campus. Você ficou particularmente relutante.

Você permaneceu quieta durante a nossa caminhada. Preocupada em reanimá-la, fiquei para trás enquanto colhia um buquê de flores silvestres. Com a minha tarefa completa, dei um tapinha no seu ombro. Você se virou e eu a presenteei impulsivamente com o buquê e um abraço. Você se inclinou sobre mim, deitando a sua cabeça no meu ombro esquerdo, temendo ferir as flores delicadas. Quando ergueu o olhar, havia centelhas brilhantes nos cantos de seus olhos amendoados.

– Ninguém nunca me amou o suficiente a ponto de me dar flores.

Eu passei os meus dedos pela brilhante cascata de seu cabelo delicado. Tomando o seu corpo trêmulo em meus braços, murmurei:

– Não posso imaginar por quê.

Você se insinuou para mim, seus lábios encontraram os meus. Desfazendo o nosso abraço, corremos apressadas e confusamente montanha abaixo até o meu quarto.

Uma vez lá dentro, arrancamos as roupas uma da outra em frenesi. Lembrando da rota sensual da gota de orvalho, serpenteei a minha língua ao longo do seu corpo. Minha boca se fechou sobre os seus mamilos, e logo eles adquiriram uma cor escarlate, inchados devido ao meu ataque selvagem. Meus dedos se ocuparam em abrir os botões da sua saia. Eu a fiz deslizar cuidadosamente pela sua bunda, tirando a sua calcinha no mesmo movimento. Minha mente... onde estava a minha mente? Lá em cima, na montanha, uma torrente tinha sido liberada e, no meio de uma seca de oito anos do sul da Califórnia, estava chovendo.

Você se contorcia na cama, nua. Meus dedos encontraram o caminho até o seu sexo e eu deslizei a minha mão pelo mistério de sua moita. Ela estava molhada. A umidade escorria por entre as suas pernas até os lençóis.

Eu sabia o que queria fazer, mas não sabia se você também queria. Hesitei sem muita certeza de qual seria a melhor atitude. Na ausência dos meus carinhos, seus giros se tornaram mais insistentes. Torturada, você sussurrou roucamente:

— Eu a quero dentro de mim.

Não precisei de mais nada. Você estava escorregadia quando a penetrei, e os meus movimentos encontraram o ritmo das suas ondulações. Quando comecei a pensar que ia explodir, o seu corpo se arqueou. Suas pernas tremeram involuntariamente enquanto minúsculos tremores correram pelo seu corpo. Para uma situação em que um cego guiava outro, nós fomos notáveis.

Na pálida luz da manhã seguinte, você se agitou e eu soube que as minhas contemplações haviam chegado ao fim. Reavivando o fogo da paixão da noite anterior, você se agarrou a mim, implorando-me para fazer tudo de novo. Abri as persianas e o sol ardente banhou os nossos corpos. O calor se infiltrou na nossa pele e se dissolveu nos rios de nossas veias. Queimando sob o sol, eu a amei novamente.

Eu não poderia saber o que o futuro aguardava para nós — o primeiro amor não pensa a respeito destas coisas. Eu não sabia que enquanto um verão pálido pode fazer nascer um amor, o verão seguinte pode levá-lo embora. Passei o verão de 1991 em Los Angeles, você em San Francisco. Nos falávamos todo dia ao telefone. Escrevíamos cartas uma para a outra constantemente.

Um dia você não ligou e eu instintivamente soube que havia algo de muito errado acontecendo. Como acabamos por descobrir, sua mãe interceptara uma de minhas cartas. As conseqüências se fizeram sentir rapidamente. Você não teve mais permissão para falar comigo. Você não ia voltar mais para a escola. Você ia fazer um teste de aids. Iam levá-la a um psicanalista e o seu pai preferiria que você estivesse estava grávida a saber que estava trepando com uma puta negra.

Onde ficou a minha cabeça? Eu me refugiei num grande vazio. A dor foi intensa e eu não tive ninguém para me ajudar a suportar aquele peso. Com a descoberta da sua mãe veio a extinção do fogo que havia se impregnado em nossas veias. Até mesmo as brasas esfriaram, só restando as cinzas. Eu não podia saber então o que sei somente agora – que das cinzas de um fogo aparentemente extinto pode renascer uma fênix.

Natural
Susan Baumgartner

Eu só queria ser uma lésbica de verdade. Eu estava com quarenta anos e tinha me assumido para mim e para alguns amigos no ano anterior, na primavera de 1991. Tudo o que eu havia lido me fazia pensar que eu era lésbica e que aquilo era a coisa certa a fazer, política e emocionalmente falando. Eu tinha todas os pré-requisitos necessários, mas depois de um ano freqüentando bailes e piqueniques, ainda era virgem no que diz respeito a sexo com outra mulher.

Jeanne e eu estávamos namorando havia um mês – pelo menos era o que eu esperava que estivéssemos fazendo – café, encontros, cinema e lanchonetes. Ela era um pouco mais velha do que eu e definitivamente uma lésbica de verdade. Ela descobrira ser homossexual aos doze anos de idade, tivera muitas relações antes de mim e tinha até morado em Northampton, o paraíso dos homossexuais, bem na região das lésbicas. Eu era uma criança de fazenda do interior de Idaho.

Depois de um encontro no fim de semana anterior, ela entrou no carro para aquilo que se tornou o nosso abraço tradicional antes de nos despedirmos e seguirmos para casa. Mas desta vez ela me beijou rapidamente antes de ir para o seu próprio carro. Meus lábios queimaram durante todo o caminho e todas as musiquinhas frívolas de amor que tocavam no rádio pareciam feitas sob medida para mim, bastando apenas trocar os pronomes. Foram as minhas amigas lésbicas do departamento de inglês que me aconselharam.

— Agora não é hora de se preocupar com as provas. Vocês têm que parar de se encontrar em cinemas e restaurantes e em carros separados. Você tem que achar uma maneira de encontrá-la no apartamento dela ou nunca chegarão a lugar nenhum.

Portanto lá estava eu. Nós tínhamos tido um jantar maravilhoso. Michel e Joy tinham ido para casa. Como planejado, já que estava bem tarde, eu ia passar a noite lá para não ter que dirigir sozinha até o meu chalé na floresta. Esperei que Jeanne preparasse o sofá na sala para mim e quando ela não o fez, meu coração bateu com esperança. Nos despimos no quarto, uma única vela tremeluzindo. Tremendo, tomada de uma culpa católica, eu deslizei para debaixo das cobertas. E se Jeanne realmente me quisesse? E se eu não conseguisse fazer nada? E se no final desse tudo errado como no meu enamoro na faculdade ou a vez e meia que eu tinha feito sexo com um homem antes de fazer vinte e um anos, numa tentativa de me achar normal e não frígida? Pior, eu estava menstruada e, na minha ansiedade, passei a maior parte da noite correndo para o banheiro para conter o fluxo.

Conversamos como duas garotas numa festa, o rosto de Jeanne apenas um borrão no travesseiro ao meu lado. Relaxei um pouco. E foi então que simplesmente aconteceu. Ela me beijou – ou nós nos beijamos – e foi bom. Tudo era bom. Sua pele era tão macia. Sua carne contra a minha combinava perfeitamente. Meu corpo despertou de uma maneira que eu nunca havia conhecido. Houve tantas surpresas. Parei de encolher a barriga e não me importei quando encostou na dela. Descobri que até as minhas axilas tinham um apelo erótico. Ela me deu tanto prazer quanto pôde, tendo em vista as minhas limitações por causa da menstruação. Eu não me senti estranha nem invadida pelo seu toque. Tudo parecia generoso e amável.

Então foi a minha vez e eu senti uma outra onda de medo. Ela era tão experiente e eu não sabia nada. E se eu não conseguisse lhe dar prazer de volta? Pensei em todos os filmes românticos que tinha visto. Cobri o seu corpo de beijos e carícias. Eu a toquei da mesma maneira como ela havia me tocado e como eu teria tocado em mim mesma. Ela sugava o ar por entre os dentes e eu senti o seu corpo se retesar. E então, graças a Deus, o meu estúpido cérebro desligou, eu me tornei só corpo e simplesmente agi. Foi tão natural, simples e bonito quanto respirar. Foi fácil. Eu não podia acreditar. Todo o desajuste e o fingimento dos joguinhos com os homens, a ansiedade pela performance, a sensação de que eu não estava me adaptando, tudo isso era passado. Isto era a mais pura simplicidade. Por que eu tinha tido tanto medo de algo que era tão fácil?

Jeanne era experiente e não levou muito tempo para gozar. Ela teve um belo e sonoro orgasmo. Eu fiquei emocionada com cada gemido, senti-me plena com cada som que ouvi. Passamos horas nos beijando, trocando carícias e conversando.

– Você é uma boa amante – Jeanne murmurou. – Você é natural.

Que grande elogio.

Eu era natural. Apesar de continuar a correr para o banheiro à procura de mais Tampax e novos absorventes, nunca me senti tão confortável com o meu próprio corpo. Pela primeira vez na vida eu me sentia um ser humano normal. Podia amar e ser amada como qualquer outra pessoa no planeta. Não precisava passar a minha vida inteira sozinha e celibatária. Enquanto vagamos entre o sono e a vigília, coisa que fizemos com freqüência nos sete meses seguintes, senti os meus lábios sorrirem uma vez mais, ao descobrir, finalmente, o que era ser uma lésbica de verdade.

Cintilante
Laura K. Hamilton

Apesar da minha primeira paixão ter sido por Lisa Linden, aos sete anos, aquele foi um amor que nunca confessei. Depois de tirarmos os nossos maiôs frios e molhados e corrermos para os chuveiros, ela me desafiou a correr para fora nua. Horrorizada, recusei, mas a idéia parecia deliciosa. Quando ela me provocou e chamou de covarde, tomei coragem e corri. Ser pega pela dona Lindey simplesmente confirmou que eu era realmente um cavaleiro tentando agradar minha dama Lisa a qualquer custo.

Aos onze anos, eu ficava tão feliz de andar de mãos dadas com Patsy Pendleton que me esqueci completamente da deslealdade de Lisa de um ano antes, quando ela me descartara em troca do maravilhoso mundo dos rapazes. Patsy e eu vimos Olivia Hussey em *Romeu e Julieta* juntas e ensaiamos aquela primeira cena do encontro por horas, nos fundos da caminhonete de sua família. Eu sempre fazia o Romeu. Não me lembro se discuti a esse respeito, mas lembro de "palmo a palmo é sagrado o beijo de romeiro que traz as palmas à terra santa". Se dar as mãos era beijar, Patsy e eu quebramos certos recordes. Suas mãos eram macias, firmes e quentes. Elas eram habilidosas, calmas e firmes e eu ficava feliz quando estávamos de mãos dadas.

Os rapazes entraram em cena novamente, cedo demais, e eu, relutantemente, escolhi um dos Beatles para desejar e satisfazer as demandas dos meus pares. Eu me adequei à heterossexualidade preprogramada durante duas décadas: um marido, dois filhos, um divórcio e dois casos mais sérios.

    Depois de completar trinta anos, contudo, meus pensamentos e sentimentos começaram a ser estimulados em outra direção. Comecei a freqüentar livrarias especializadas em mulheres e a ouvir música de mulheres também. Conheci lésbicas pela primeira vez na minha vida. Gostei de sua liberdade e falta de afetação, e fui gradualmente percebendo que eu tinha encontrado um determinado lugar onde eu não sentia medo, não me sentia deslocada.

    Quando finalmente adquiri clareza suficiente a respeito das minhas intenções, decidi ir ao meu primeiro evento social, um jantar de lésbicas. A mulher mais atraente de lá foi a primeira a falar comigo, enquanto eu cortava maçãs e queijo. Passei a noite conversando intensamente com Darcy, e depois evitando-a para não parecer óbvia demais. Eu me flagrei olhando para ela, perguntando-me se aqueles lábios macios e rosados seriam a fonte do meu primeiro beijo lésbico. Seus olhos castanhos escuros me notaram várias vezes e, num reflexo, me evitaram. Fiquei me perguntando se ela tinha visto o meu coração aberto. Em meio a uma conversa sobre aids, repeti para o grupo um conselho que havia escutado a respeito de sexo seguro: "Se estiver molhado e não for seu, não toque." A sala sacolejou com as gargalhadas e eu resolvi ir embora em alta. Caminhando pela noite escura até o meu carro, fui alcançada por Darcy e nós trocamos os números de telefones.

    Voltei para casa excitada, sorrindo como se tivesse ganho na loteria. Ela esperou alguns dias para deixar um recado e eu fiz o mesmo com a minha resposta. Quando nos encontramos, apenas conversamos, jogamos cartas, caminhamos no parque e tomamos café. Eu estava agoniada, imaginando se algo ia acontecer, se eu não estava percebendo as suas dicas. Ela tinha experiência em romances lésbicos, portanto continuei esperando que ela desse o primeiro passo.

Desisti de esperar na noite em que estávamos assistindo a um filme com meus filhos e ela reclamou de um nó no seu músculo trapezóide. Eu me sentei atrás dela e a toquei pela primeira vez. Sentindo-me segura por ela estar absorta no filme, eu me permiti sentir as suas costas firmes e braços musculosos enquanto os manipulava. Inclinei-me sobre ela e deixei que os meus bicos sensíveis roçassem a sua camiseta. Senti o seu calor irradiando pelas costas. Ao final do filme, ela foi para casa.

A minha principal fonte de esperança eram as suas repetidas perguntas a respeito das minhas relações. Ela sabia do meu casamento, contou-me sobre o seu passado e eu, cuidadosa e casualmente, disse que havia tido alguns casos sérios depois do casamento. Disse-lhe que apesar de ter saído com algumas mulheres nos últimos anos, eu estava principalmente concentrada nos meus filhos, trabalho e pós-graduação. Eu realmente não me dei conta de que quando disse "saído", ela presumiu que eu estivesse falando de sexo. Tive vergonha de ser tão inexperiente nos meandros do amor entre duas mulheres.

Na noite após a massagem nas costas, ficamos sentadas no quarto ouvindo música por horas. Finalmente, ela estendeu a mão e tocou a minha. De carícia em carícia, cheguei aos seus lábios rosados e logo nós estávamos deitadas lado a lado na minha cama. Exploramos o rosto uma da outra com a ponta dos dedos, seguramos uma à outra bem próximas, sentindo os ossos, músculos e lugares tensos.

Eu confessei a minha total inexperiência e lhe disse que queria fazer um teste de aids antes que fossemos longe demais. Já fazia cinco anos que eu não tinha intimidade com ninguém, mas eu queria ter certeza de que não seria responsável por infectá-la. O período de espera pelos resultados dos testes (negativos) foi um verdadeiro presente para nós duas. Nós nos tocamos muito, passamos horas fazendo carícias ternas e provocantes, nos perguntando em voz alta o que exatamente definia o sexo seguro e conversando infinitamente.

Depois de aproximadamente três semanas familiarizando-nos uma com a outra, foi extasiante quando nos jogamos na queda d'água do completo e irrestrito contato sexual. Fiquei atônita ao perceber que eu correspondia incrivelmente a ela e continuei me maravilhando por perceber o quanto eu me sentia segura com ela. Eu nunca tinha me dado conta do quanto me sentia insegura ou o quão reservada eu tinha permanecido anos após o término do meu casamento. A segurança e a resultante liberdade do meu corpo fizeram o nosso amor se transformar num candelabro de cristal incandescente. Eu brilhava tanto que todos no trabalho perceberam e comentaram. Quase três anos depois, eu ainda cintilo ao seu toque. Que seja sempre assim.

Tão natural, tão certo
Myra LaVenue

A viagem foi uma decisão de última hora. Eu estava curiosa por uma voz que eu tinha que conhecer. A necessidade de amizade, camaradagem e relaxamento eram predominantes na minha mente, mas a necessidade de descobrir estava bem abaixo da superfície.

Eu estava indo para uma ilha na costa da Califórnia, para encontrar a minha melhor amiga, cujo rosto eu jamais havia visto. Seu nome era Katharine. Eu a conhecera durante um papo on line pelo computador em junho de 1994, um mês apenas antes da viagem. Ela tinha trinta e cinco anos e eu vinte e nove. Ela vivia em Portland, Oregon. Eu morava em Nova Iorque.

Depois de dias nos agarrando em quartos virtuais, passamos a nos falar pelo telefone. Ficamos íntimas muito rapidamente por causa dos problemas semelhantes que estávamos vivendo. Começamos a grudar uma na outra como se fôssemos as únicas no mundo capazes de entender a dor uma da outra.

Foi um vôo fácil até a ilha. Aluguei um Mustang e dirigi as duas horas que faltavam do sul de Tallahassee até a ilha de Saint George. Eu estava me sentindo bem, excitada por dirigir a alta velocidade, com a música tocando alto e chegando cada vez mais perto da minha alma gêmea. Foi só quando atravessei a longa ponte até a ilha que o meu estômago começou a se alterar, as minhas palmas a suar e eu percebi que estava extremamente nervosa.

Achei a casa com facilidade – as indicações de Katharine tinham sido claras e precisas. As casas de praia na ilha eram separadas umas das outras por terrenos vazios repletos de vegetação selvagem e dunas de areia. A casa de Katherine ficava do lado oeste da ilha. Ninguém abriu a porta da casa quando estacionei. Lentamente abri o porta-malas, tirei a minha mala e comecei a caminhar até a porta da frente. A casa tinha sido construída sobre estacas uns três metros acima do chão, portanto a minha caminhada foi degraus acima.

Katherine respondeu à minha batida na porta. Seu cabelo loiro estava desarrumado pelo vento e seu corpo voluptuoso chegava a medir por volta de um metro e oitenta. Ela estava usando uma camiseta e shorts. Fiquei atônita. Antes de poder dizer alguma coisa, fui acolhida num longo e forte abraço e podia jurar que ela estava me segurando, por não sentir força nas minhas pernas. Não me lembro do que dissemos, eu estava excitada demais para prestar atenção.

Foi assim que começou o período que eu chamo de "choque facial". Pelas doze horas seguintes, apalpamos visualmente uma à outra. Este fenômeno é aparentemente bastante comum entre a comunidade on line. Algumas pessoas nunca se adaptam ao rosto do outro, e isso às vezes põe fim a uma amizade. Nossos olhos inspecionavam o rosto uma da outra e então se desviavam rapidamente.

Naquela noite fomos até a praia para conversar. Caminhamos pelas dunas escuras, carregando nossas vodcas. Katharine estava tendo graves problemas conjugais e eu tinha acabado de começar o mesmo processo. Não só estávamos convencidas de que havíamos casado com o mesmo homem, como sentíamos uma ligação de gêmeas entre nós. Havia muitas coincidências misteriosas conosco e o nosso passado que faziam com que nos espelhássemos uma na outra. Foi por isso que a nossa amizade on line e pelo telefone se fortaleceu tão rapidamente.

Sua proximidade física mexia comigo, sua cabeça escura encantadoramente perto de mim. Apesar de ela não combinar com a imagem que eu tinha feito, baseada na foto que ela me enviara, eu já estava me sentindo atraída por ela. Esta era uma mulher que eu já amava, uma pessoa especial e uma amiga maravilhosa. Tínhamos confessado ter sentido atração por mulheres, e certa vez tínhamos até ousado dizer pelo telefone que talvez fôssemos sentir atração uma pela outra caso nos conhecêssemos pessoalmente. Munido deste conhecimento, meu corpo começou a pensar por si só, e berrava para além do meu cérebro: "Beije-a, beije-a". Mas eu não podia agir devido à minha incerteza quanto aos seus sentimentos, ao medo que eu tinha de abrir a caixa de Pandora e realmente beijar uma mulher, e principalmente devido à nossa timidez no primeiro dia.

No dia seguinte, ficamos muito mais à vontade juntas talvez porque tivéssemos nos embebedado na praia na noite anterior ou porque os sentimentos em relação aos nossos rostos finalmente tinham se entendido com os sentimentos que havíamos nutrido por nossas vozes. Seus dois filhos, seu cunhado e sua cunhada estavam dividindo a casa conosco. Passamos um dia relaxando e curtindo a falta de atividade.

Naquela noite resolvemos nos aventurar mais e tomar um drinque no Johnny O's, o bar da ilha. Saímos aquela noite, rindo e compartilhando histórias íntimas. A ligação foi total, e senti que ela era uma das pessoas mais incríveis que eu já conhecera. Ela estava linda e tinha se maquiado para aquela noite. Seus olhos e boca pareciam dizer: "Olhe para mim" e foi o que eu fiz. Muito. Contudo, naquela altura, as minhas intenções ainda eram passar um tempo com a minha melhor amiga. Eu sabia que não podia pôr isso a perder com um avanço desajeitado.

Voltamos para casa de carro. Ela queria caminhar na praia, mas desabou uma tempestade. Raios e trovões encheram o céu, nos deixando absorvidas pelo espetáculo. Ficamos paradas na varanda dos fundos, que era coberta, para assistir. Toda a casa estava quieta, era tarde da noite. Estávamos testemunhando um evento mágico.

Tentamos recriar o ar de camaradagem do bar, mas achei a cena toda excitante demais. Deitamos no chão perto uma da outra no escuro. Sua voz rouca chegou até mim, fazendo-me lembrar de tantas conversas passadas e o quanto eu amava aquele som. Sua voz me relaxava, dizia-me para confiar nela.

Ela escolheu aquele momento para fazer o que chamou de uma pergunta "potencialmente embaraçosa".

– Megan – sua voz suave e profunda flutuava até os meus ouvidos – como você se sente a nosso respeito agora?

Eu entendi imediatamente a referência que ela estava fazendo àquela vez em que tínhamos falado sobre a nossa possível atração uma pela outra.

Depois de uma pausa pensativa, minha resposta foi:

– Muito excitada.

Com essa resposta ela me disse que gostaria que nos abraçássemos aquela noite e que queria ver se éramos capazes de fazer tudo aquilo que havíamos imaginado. Este pensamento me deixou enlouquecida, mas eu disse tremulamente:

– Acho que podemos fazê-lo.

Depois ela disse:

– Eu quero tocá-la.

Ela moveu o seu corpo alguns poucos centímetros na minha direção. Seu toque parecia um veludo acariciando minha pele e a sua respiração pairava sobre o meu rosto. Seu joelho tocou a minha coxa esquerda.

Senti correntes elétricas ao longo de minha espinha a partir daquele joelho e a sua mão me fez perder a respiração. Quando os seus lábios tocaram a minha testa, comecei a sentir uma forte palpitação entre as pernas. Expirei tremulamente e senti o meu corpo vibrar. Ela sentiu isso também e disse:

– Você está bem? Não quero fazer nada que a contrarie, Megan. Podemos parar na hora que você quiser.

– Estou bem. Só estou muito excitada por sua causa – respondi. – Não quero parar. Eu venho querendo isso há algum tempo.

Gemi suavemente e me aproximei mais, virando-me de lado para ficar de frente para ela, meu braço direito ao redor de suas costas. Isso me fez tremer ainda mais Eu estava excitada por tudo aquilo estar acontecendo, com medo de que as coisas não correspondessem às minhas fantasias, mas principalmente me sentindo leve por desejá-la.

Ela cobriu o meu rosto de beijos e a sua mão livre começou a passear pelo meu corpo. Eu estava acariciando as suas costas e recebendo os seus carinhos com um tipo de êxtase congelado. Quando suas mãos alcançaram os meus seios, a minha inspiração deve ter sido tão alta quanto o trovão do lado de fora. Nesta altura aproximei o meu rosto do seu e nossos lábios se tocaram. Exploramos a boca uma da outra doce e suavemente. Minhas mãos estavam nos seus seios, macios e grandes. Ela ergueu a sua blusa e enterrei o meu rosto entre aqueles dois lindos peitos. Sua mão alcançou o centro das minhas pernas, tocando-me sob uma camada de roupas. Eu a ouvi respirar quando descobriu o quanto eu a desejava. Ela disse:

– Quero sentir o seu sabor.

Meu Deus, eu nunca tinha ouvido ninguém me dizer aquelas palavras antes. De todos os homens com quem eu tinha estado, nenhum expressara tal desejo. Sussurrei a ela que deveríamos ir para a cama e continuar num lugar mais macio. Ela disse que teríamos que ser mais silenciosas dentro da casa.

Quando chegamos no quarto nos detivemos meio sem jeito por um momento, então ela estendeu os seus longos braços e eu fui à direção a eles. Minha cabeça cabia perfeitamente no espaço entre a sua cabeça e os seus seios e esfreguei o meu rosto nela. Começamos a nos beijar enquanto seguíamos para a cama e deitávamos. Então a coisa mais erótica do mundo aconteceu. Doces palavras emergiram de seus lábios, sussurrando para mim como o meu corpo era bonito, como meus seios eram maravilhosos e como a minha pele era macia. Sua verbalização era diferente de tudo o que eu já tinha vivido, além de ser algo com o que eu havia sonhado. Como ela podia saber?

Ela me abraçou e se ajeitou para que deitássemos lado a lado. Logo adormeceu tranqüilamente nos meus braços. Eu não consegui dormir porque estava sentindo que havia acontecido um verdadeiro terremoto na minha vida. Algo tão natural e correto que mudara toda a maneira de eu analisar a minha identidade sexual, o meu casamento e Katharine. Eu nunca mais seria a mesma.

Ao deixar a Flórida, quatro dias depois, contei a história aos meus amigos. Contei ao meu marido e ele foi embora. Contei aos meus três irmãos e eles não acreditaram em mim. Mas principalmente a mim mesma eu disse que finalmente tinha encontrado a felicidade nos braços de uma mulher.

Com o encorajamento de Katharine, comecei a sair com algumas mulheres em Nova Iorque. Curti conhecer e dormir com uma grande variedade de mulheres, mas meu coração continuou sendo de Katharine. O casamento dela também chegou ao fim, e ela se mudou para cuidar de sua vida. Finalmente, depois de quase um ano de uma relação turbulenta à distância e viagens curtas e intensas para nos vermos, eu decidi me mudar para Portland. Eu precisava saber o que nós duas poderíamos ser se vivêssemos no mesmo lugar e pudéssemos explorar a nossa relação. Nove meses depois da minha chegada, nossos sentimentos e objetivos se concretizaram e começamos a manter um relacionamento sério baseado em encontros decisivos. Mas acima de tudo, baseado na segurança de quem nós somos e com quem queremos estar.

Impresso pela Gráfica
VIDA E CONSCIÊNCIA
☎: 549-8344